最后一平米的战争

唐凯林◎著

ZHEJIANG UNIVERSITY PRESS
浙江大学出版社

目 录

第一章 //001

第二章 //016

第三章 //033

第四章 //048

第五章 //062

第六章 //077

第七章 //094

第八章 //110

第九章 //126

第十章 //143

第十一章 //158

第十二章 //173

第十三章 //188

第一章

一

已经 50 多天没有下雨了。几十年不遇的高温天气正侵袭着西海市,就连晚上的月光都能发出炙热的光芒,肆意地烘烤着大地,整座城市被一层严严实实的热浪包裹着,让人透不过气来。

程为回到家里,第一件事就是打开空调,接着脱掉身上的衬衣和长裤,然后光着上身,径直往冰箱走去。走出汽车到这间屋子只有几百步的距离,他的背上就已经被汗水湿透了。西海市已经变成了一间巨大的桑拿屋,唯有空调才能驱赶这该死的炎热。连游泳池里的水都是温热的!

他从冰箱里取出一瓶冰镇啤酒,迅速启开瓶盖,仰着脖子咕噜咕噜地猛喝了几大口,全身的毛孔在空调和啤酒的综合作用下泛出一丝凉意来。他一边喝着啤酒一边走到沙发边上,拿起遥控器打开了电视,一屁股坐到了沙

发上。

西海电视台正在播放晚间新闻,电视画面里的情景让程为愣住了,几乎忘了咽下含在嘴里的一大口啤酒。

在西海市同联房地产公司的大门口,一群市民正高举着反对强制拆迁的条幅抗议,群情激昂,电视现场女主持人讲解着现场的情形,烈日烤化了主持人脸上的粉底妆,脸颊显露着清晰的汗迹,像昆虫在沙面上爬过的痕迹。

程为一脸凝重,略有所思地拿起了电话,怒气冲冲地拨通了同联房地产公司公关总监的电话。

"你们能不能想想办法,不要让电视台再报道这件事了?"

"没有办法?没办法也得想尽一切办法,下午开会的时候我已经再三强调过这件事情了,我不想再重复这个问题,离听证会召开的时间越来越近了,这样下去我们在舆论上就已经先输掉了!"

"要是实在阻止不了电视台,你们也想想别的办法,组织些人给那些抗议的人送些矿泉水,送几把遮阳伞,体现一下同联公司的人性。电视画面里都能看到同联公司的人在背后的空调房里探着脑袋张望,你知道今天中午室外的温度是多少度吗?"

"室外的温度有多高,西海市的电视观众就会对同联公司有多失望,一定要设法把局面扭转过来!"

他咆哮着打完了电话,把手机扔在了沙发上,随手拿起茶几上的啤酒一饮而尽。

新闻节目切换了画面,出现了一张程为熟悉的脸。这是一张不苟言笑的脸,英俊的面孔由于缺乏笑容而显得有些不易接近,程为觉得这张脸上要是再多点亲和力,绝对是一张地道的电视明星脸,像美国前总统克林顿一样招人喜欢。

在私底下,程为和他的朋友们喜欢把这张脸的主人叫做"孟德斯鸠"。孟德斯鸠是留美法学博士,西海市政府市长办公室的主任,他动不动就喜欢说:

如果在美国，这件事会如何如何。

很多市政府的同僚都不愿意跟孟德斯鸠交往，他们觉得孟德斯鸠是个疯子。持中立态度的人觉得孟德斯鸠是个顽固不化的学究，这跟他的年龄很不相符。

黄明朗市长不觉得孟德斯鸠是个疯子。孟德斯鸠是被黄市长亲自请到西海市政府工作的，他认为孟德斯鸠身上的理想主义情结是改变西海市的希望，可以治疗西海市官场上的很多顽疾。西海市的人都知道孟德斯鸠是黄市长最为器重的亲信，孟德斯鸠花了不到两年的时间便从普通的秘书变成了市长办公室主任，这几年西海市政府的施政方针里到处可以看到孟德斯鸠的思想痕迹。

电视里的孟德斯鸠此时正在大谈政府工作民主化，媒体监督透明化，要花大力气建立一条民意直通市政府的通道。

听了孟德斯鸠的电视新闻访谈，程为突然一下子理解了同联公司公关总监的苦衷。市政府如此高调地宣扬媒体监督透明化，电视台自然浑身是胆了，新闻报道一下民众抗议强制拆迁又算得了什么呢？

程为感到有些冷，他抬头看了看柜式空调上的电子温度显示器，室内温度现在已经是18度。他随手关掉了电视，用自己的方式让孟德斯鸠闭嘴，接着他起身走进了卧室，给自己找了一件短袖 T 恤衫穿上。从房间出来的时候，他的手上多了一台笔记本电脑。

他把电脑摆放在沙发前的茶几上，按下了电脑开关，又走近冰箱取了一支啤酒。

之前，程为把整个下午都奉献给了同联公司，足足开了几个小时的会，现在他浑身感到疲倦，他计划着处理一下当天的邮件就早早地上床睡觉。为了同联公司的强制拆迁听证会，他已经忙碌奔波了一个月，明天还有一堆繁琐的事情等着他，也许明天还得见一见同联公司的董事长魏大同，一想到这里，他下意识地喝了一大口啤酒。见魏大同不是一种愉快的体验，他现在需要喝

点啤酒来暂时忘掉那个干巴巴的老头。

电子邮箱收件夹里再次出现了那封邮件，这让程为很是恼火。这一个多月以来，他几乎每天都能收到这封古怪的邮件，像是邮件系统中了病毒一样。

这并不是一封充满恶意的邮件，相反，邮件的内容写得很客气，反反复复地询问程为是否还在同治市，并礼貌地提出要与程为见上一面。他把这封邮件定性为垃圾邮件，刚开始的时候他还打开邮件看一看内容，后来他发现这邮件每次的内容几乎都是一成不变的那几句话，于是干脆就置之不理了，他甚至怀疑发出这封邮件的人是不是精神有问题。

他实在没有时间去见这位莫名其妙的陌生人，他已经拍着胸脯给魏大同承诺，自己要十拿九稳地赢得这场听证会，体面漂亮地完成拆迁，让西海市市民无话可说，就连那些顽固的钉子户，也得心服口服地配合同联公司的拆迁。

为了兑现这个承诺，他每天一睁开眼睛就有忙不完的事情，哪有时间和心思去会见这样一个脑子有问题的人。再说了，就算现在自己很清闲，整天无所事事，游手好闲，他也觉得完全没有必要把时间花在这个无聊的人身上。对于这封每天都会出现的邮件，他唯一感到好奇的是，对方竟然知道自己以前的名字，还知道自己曾经在同治市呆过，这个脑子有问题的人好像认识自己。

处理完了邮件，程为开始仔细阅读那些报名参加听证会的人员资料。这些材料是他花了不少工夫才拿到手的，按照程序，他现在手里不该有这些东西。自从听证会公告发布那天起，报名想当选听证会代表的人就不断地涌现，络绎不绝。程为很是不明白为什么西海市还有这么多的闲人，非要吃饱了撑着似的争先恐后地当选听证会的代表。

程为心里倒不排斥这些"闲人"，他要替魏大同漂漂亮亮地赢得本次听证会，就必须得赢得这些代表们的心。现在最终的代表名单还没有确定，他便开始迫不及待地研究起这些人来，他要尽可能地了解这些人的背景，喜好，甚至弱点，越详细越好。他一边阅读材料，一边做着批注，他要把那些有可能站

在房地产公司这边的报名人员提出来,并想尽一切办法把这些人塞进听证会。凭他以往的经验来看,在听证会代表里安插一些有利于自己的代表,这件事说难也难,说容易也容易。

二

早上9点,在西海市政府办公楼一间宽敞明亮的会议室里,黄明朗市长召集了市里有关部门的负责人召开工作会议。会议由孟皓然主持,孟皓然便是"孟德斯鸠"。

孟皓然的开场白很简短,他简单地说明了一下会议议题之后便把会场交给了黄明朗。黄明朗清了清嗓子,看了看烟雾缭绕的会议室,说道:

"在开这个会议之前我先跑一下题,今后只要是市政府的会议,一律不允许在会场抽烟,这个问题我就不民主讨论了,武断一回!"

黄明朗的话一落地,在场的烟民纷纷把手伸向了烟灰缸。无数只掐掉了烟头的手都感到不太自在,不知道放在哪里好,于是又不约而同地将刚刚缩回来的手伸向了茶杯。

"关于抽烟这个问题,我还想再进一步,以后整个政府办公大楼内都一律严禁吸烟。"

黄明朗的话让在座的人个个面面相觑,心有怨言的人干脆把刚放到嘴边的茶杯又放回到了原处,表示无声的抗议。就连孟皓然也用一种惊愕的眼神看着黄明朗,心想黄市长这大清早的是不是有点太小题大做了。

"你们是不是觉得我是在小题大做?"黄明朗好像读懂了孟皓然的眼神,也清楚那些没有说出来的怨言:"前几年我们修了这座宏伟的政府办公大楼,你们猜西海市的老百姓怎么说?他们说这是西海市最豪华、最宏伟的建筑!他们还说了些什么,你们知道吗?他们说政府办公大楼里的人个个都是大户,是西海市名贵香烟的消费大户,是各种好酒的消费大户,是豪华汽车的消费大户。你们说,我们这是个什么形象?"

"你们可能觉得西海的老百姓不厚道，说话太刻薄。环顾西海城，这些年的城市建设确实发生了翻天覆地的变化，我们的民生工作也进展很大，老百姓的钱包鼓了，生活水平也高了，他们怎么还这样说我们呢？是不是觉得很委屈？"

"要我说，一点都不委屈！"黄明朗稍作停顿，喝了一口茶，扫视了一下四座，接着说："你们现在有谁敢把你们口袋里的烟盒子放到桌面上来，让我见识一下你们在抽什么牌子的烟？我们要尊重民意，重视民意，美国总统就很重视民调，他们很关注民意指数，我们为什么就不能关注一下民意呢？我相信我们的好烟、好酒、好车会把我们的民意指数降到十八层地狱里去。"

听到这里的时候，孟皓然再次与黄明朗对视了一眼，心里充满了欣慰。他知道，"民意"和"民调"这两个词都是自己给黄明朗灌输的词汇，很显然它们在黄市长的心里起着作用。

黄明朗关于烟酒的话题没有持续多久就回到了正题，这个正题源于几个月前孟皓然提交的一份报告，在这份长达 15 页 A4 纸的报告里，孟皓然提出了在西海市进行听证会改革的构想。今天的会议正是为讨论听证会改革而设。

话题一开，会场顿时像炸了锅一样，交头接耳地讨论起来，刚才黄明朗的借题发挥捏到了他们的痛处，没一个敢吱声的。现在不一样了，想轻言改革？这可绝对要比禁烟难上一百倍！

"我们国家的听证程序最早出现在 1996 年的《行政处罚法》里面，现在算起来总共也没多少个年头，我们小小的西海市怎么改革它？要改也是大城市来改，我们要是改不好的话，风险太大了！"率先发言的是司法局长肖克武，他说完之后赶紧用手捂住了嘴巴，打了一个大大的哈欠——他的烟瘾上来了。

肖克武的发言赢得了很多支持的声音，会场顿时出现了很多不断点头的脑袋和一些参差不齐的附和声："对啊！对啊！"

"我们的听证制度本来就是在借鉴美国的听证制度上产生的，现在很多

人不是都说美国的制度设计很先进嘛,我们还要怎么改,难道要超越美国的听证制度吗?"

孟皓然闻声寻人,他觉得这话有些针对自己的意思。他最后把眼光定格在一位身穿制服的人身上。发言的是西海市人民法院副院长古春华。

古春华的发言再次引发了热议,大部分人认为听证会制度改革无非是一件脱了裤子放屁——多此一举的事。

"我不这么认为,再好的制度也是有改革空间的,何况老百姓说这听证会是在走过场,你们看我们西海市去年的水价听证会,公交车提价听证会,不都是吵吵闹闹地收场了嘛,很不体面!"第一个站出来支持改革的人就坐在黄明朗的身边,他是西海市政法委副书记马国良。马国良戴着一副斯文的金丝眼镜,他不吸烟,说话的时候露出一口洁白的牙。

"大家可以畅所欲言! 这次会议的议题我事先特意没有通知到各位,就是不想大家有先入为主的观念,现在大家可以各抒己见!"黄明朗见一直不吭声的马国良赞成听证会改革,心里一下子便有了底气。

"会不会有形象工程的嫌疑,被人骂作是一场政治秀呢?"西海市房屋产权管理局的周韶冲副局长说。

"如果没有这样的形象工程,我们的形象将会更差,只要我们是真心实意地改革,就问心无愧,要是真有人跳出来骂,我黄明朗来背这个沽名钓誉的骂名!"黄明朗回应道。

"设置听证程序的目的就是为了提高行政执法的透明度,增强行政执法的公正性,保护当事人的合法权益。由于历史和现实的原因,我们国家的公务员缺乏服务意识,取而代之的是强大的权力意识和职权优越感,我认为听证会改革的目的就是要弱化这种权力意识,将保障纳税人的合法权益不受到非法侵害落到实处,我相信这种改革不会招来骂名,只有美名!"说话的是一位 60 多岁的老头,中气十足,每一句都掷地有声。这是孟皓然特意从同治政法大学请来列席会议的法学教授高望厚。

高望厚是当地知识界的意见领袖,有了他的专业论证,黄明朗的底气再次得到了提升,他用眼神对高教授的发言表示了赞许之后,又把眼神移到了周韶冲的身上,说道:"要是我们最终决定听证改革,我就拿你周局长的地盘做试点。关于房屋拆迁的听证会哪一次不是闹哄哄的,同联公司在西海旧城区的用地拆迁就引发了民怨,昨天还上了电视新闻,我看我们就拿它的拆迁听证会做试点好了!"

黄明朗的这番话算是给听证改革树起了一个靶子,其他刚才还反对的人突然发现这件事好像跟自己关系不太大。既然自己的部门不会成为靶子,改革失败的骂名也有人跳出来承担了,还有什么好争论的呢。再说了,那些被烟瘾缠身的人眼下实在没有心思在这里继续耗下去了,他们现在迫切需要解决一下燃眉之急。

会议越开越冷清,要求主动发言的人寥寥无几,按照事先安排好的会议程序,孟皓然最后做了一番关于改革意义的发言。孟皓然发言时内心很是激动,脸上却一如既往的冷静。这几年来,他一直很懊恼,懊恼自己被黄明朗的三寸不烂之舌"骗到"了西海这座城市,这意味着他在美国法学院里学来的一整套东西完全没有用武之地。他不苟言笑,他缺乏朋友,他感到孤独,但他没有放弃自己的抱负,一直努力地寻找着机会。现在好了,他 15 页的改革报告即将要付诸实践,大展拳脚的时候到了!

会上并没有进行投票表决,黄明朗说过几天他还将扩大范围地征求一次意见,然后再向上面汇报一下情况。

三

中午时分,西海市酷热依旧,一天当中的最高温如约而至。街道上的行人变得稀少,道路两侧的绿化树傻傻地站着,接受着太阳的炙烤。

抗议者再次聚集到了同联公司的大门口。他们是在战斗!如果连这夏日的炎热都战胜不了,还谈什么战胜这强大的同联房地产公司呢?

公关总监刘洋听从了程为的建议,在大门口摆放了两台饮水机,还支了几把海滩太阳伞。但这一切都成了摆设,抗议者们拒绝饮用同联公司提供的纯净水,也不愿站在太阳伞下乘凉。只是跟昨天的情形比较起来,聚集的人群要安静很多,同联公司的举动让抗议者不再像往常那般愤慨和激动。

程为此时正坐在自己的办公室里阅读那些枯燥无味的材料,他透过玻璃窗户看了看外面如空袭警报之后的冷落街道,低声咕噜道:"傻瓜才会选择在这个时候出门!"

一个电话打过来,他必须现在立刻出门,因为召唤他的是魏大同。程为不是同联公司的员工,他只是魏大同花大价钱雇佣的高级顾问,专门负责为魏大同处理各种擦屁股的事情。程为愿意听从魏大同的任意调遣,只是一切都看在钱的份上。

上午西海市政府的工作会议散会后不到一小时,魏大同便获悉了会议的全部内容。这让魏大同很是焦虑,如果任事态按照黄明朗的思路发展下去,同联公司的拆迁听证会无疑将会成为改革的活靶子、试验田,这种事件的新闻效应是不难评估的,到时全市公众的目光,媒体的镜头都会聚焦在这次听证会上。现在魏大同对程为前些天拍着胸脯所作出的承诺的信任度立刻大打了一个折扣。

魏大同很瘦,个子也不高,60多岁,头发已经花白,他上身穿着一件长袖的无领衬衫,下身着一条浅色亚麻西裤。他手里拿着一把老式圆形蒲扇,有节奏地轻轻拍打着自己的胸口,在办公室里踱着方步来来回回地走着。魏大同的办公室里没有开空调,程为一进门就立马感觉到了。根据保健医生的建议,魏大同要尽量少用空调,这样的医嘱现在让程为很是难受。

程为感觉到自己身上的汗水在不停地往下流淌,他竟然渴望自己此刻能拥有一把扇子,哪怕是最原始的工具,也总比两手空空的好。

不到一分钟,程为也了解到了市政府会议的大致情况,他是魏大同眼里的专家,自然更清楚这件事情意味着什么,他额头上的汗也开始冒出来了,搞

不清是热汗还是冷汗!

"你打算怎么办?"魏大同直截了当地问。

"这还真是一个突发事件,始料未及!"

"有对策吗?"

"太突然了,还没来得及想对策。首先应该是想办法阻止这场改革,要是实在阻止不了改革就阻止他们把我们的拆迁听证会做试点,要是还不行我们就只好认真想办法来应对听证了,总会有办法的!"

"阻止不了的,黄明朗这个人你应该了解的,无论是干好事还是干坏事,他都一样执著。还是想想如何应对听证会吧!"

"我会想办法的!"

"你别忘了我的要求,我需要的不是小胜,我要的是大获全胜!听证代表们必须一边倒地站到我们这边来,同联地产来西海市没两年工夫,根基还不稳,我们这次至少要在面子上赢得西海市的民意,堵住人的嘴巴,你用什么方法我不管。"

"我知道! 我知道!"

"下面那个问题你也想办法尽快解决一下。他们每天坐在我的大门口,这算个什么事啊! 要不了多久同联公司就臭名远扬了,民意尽失!"魏大同向后扭动了一下脖子,用手指着公司大门门方向说道。

"这个事情上午我已经在协调了,双方马上就要举行听证了,他们现在这样闹是很无理的,政府也是这个态度。"

"嗯,那就好! 电视台那边你协调了没有,不能再这样曝光下去了,这样对同联地产很不利。现在的人很奇怪,他们对地产商带着很深的偏见,他们住着我们造的房子,在我们建的商场里购物,却把我们看成强盗,原因就是我们挣了很多钱,你说可笑不可笑!"

"这个你也放心,电视台那边我已经协调好了,今天电视台不会过来了,以后也不会来了!"

"嗯,很好!再让他们这样每天闹下去,就算政府不拿我们做试点,听证会的结果都可想而知。不过我相信你的能力!去年你给同联公司办的好几件事情都没让我失望。"

"你要跟徐广利多沟通交流,他是个很能干的律师,在同联做了好多年的法律顾问了,办事一直都很靠谱,你们俩要是能联起手来,胜算会更大。"魏大同所提到的徐广利,程为在工作中接触过多次,凭着直觉,他感觉对方似乎不太欢迎自己的出现,那种带着敌意和鄙夷的眼神逃不过程为的火眼金睛。

"好的,好的!不过徐律师好像不太欢迎我,我听同联公司的一些人说,他不太赞成由我来全权负责这次听证会。"程为实话实说,想看看魏大同的态度。

"是谁在背后多嘴多舌的!"魏大同听说同联公司有人在搬弄是非,脸上瞬间露出了可怕的怒容。"所以你们俩更得多接触,消除误会,增进了解,在我看来你们应该是同路人,肯定是之间有什么误会了!"

"希望如此吧!"

"我打算派他来做你的副手,一起负责听证会这个事情,要不要我现在就把他叫过来?"

"不用了,回头我专门找他聊吧。"魏大同的这一决定对程为来说很是突然,他很不理解魏大同为什么非要把两个不和谐的人强扭在一起,这不是增加内耗嘛!

程为实在不想在这个时候见徐广利,他更不想继续在这间闷热的房间呆下去,他赶忙找了个合情合理的借口与魏大同告了辞,急匆匆地离开了这间全西海市最热的房间。他并没有直接离开同联公司,他穿过一条长长的走廊钻进了公关总监刘洋的办公室。

刘洋在同联公司绝对是数一数二的年轻美女,作为一名大龄未婚男中年,程为很愿意在业务上对她进行一些指导。更重要的是,刘洋的房间里开着空调。

四

西海市旧城区,位于西海市中心城区的北面,与市中心紧密相连,它是西海市的发祥之地,新中国成立前叫做西海镇,新中国成立初期,随着西海镇的发展以及人口和土地规模的扩大,西海镇更名为西海县,经过几十年的现代城市发展,西海越建越大,变成了一座新型的县级市,市政府对西海旧城的改造也就提上了议事日程。

西海市与同治市紧密相连,两地相距 20 公里,同治市是一座地级市城市,一直以来,西海都是在同治市的行政管辖之内。同联地产发迹于同治市,是同治最大的房地产开发商,几年前西海市提出西海镇改造之时,魏大同看准了时机,进驻了西海市,并分得改造项目中最大的一杯羹。

在魏大同的开发规划里,他要在西海旧城的位置上建造一座现代化的"西海同联新城",在这座城中之城里,有购物中心、大型超市、时尚商业步行街以及各类中西特色美食店、豪华电影院、现代酒吧、健身会所、文化广场,其中还包括一家五星级酒店和一座同联主题公园。这是魏大同投身地产行业来多年的一个梦,一个造城的梦。

西海市也欢迎魏大同来建造这座多功能的城中城,毫不夸张地说,同联地产是被西海市招商引资办请到西海来的。现在,魏大同的这个梦却被暂时搁浅了,而这,则缘于一些顽强的钉子户。

魏大同站在已经是一片废墟的工地上,看着前方像孤岛一样的一片房屋,脑子里不停地闪现着各种数字:拆迁计划已经比原定时间拖延了 3 个多月,到目前为止已经投入了 2.8 亿元的资金,完成了拆迁总量的 95%,剩下的 5% 就是前方的孤岛。

"这个地方是什么区域?"魏大同用手指了指脚下方的土地问道。

"按照规划设计,这里应该是步行商业街!"一位手里拿着工程图纸的随行人员走近魏大同,用手指着图纸回答说。

"那里呢?"魏大同指着正前方的房屋问。

"那里是购物中心,ShoppingMall。"随行的徐广利回答道。

"哦!我们这次拆迁有明显违规的地方吗?"魏大同接着问徐广利。

"绝对没有!西海旧城的拆迁工作都是严格按照现行拆迁政策组织实施的,拆迁补偿价格依据评估价格确定,所有拆迁资金也足额到位。"

"依法拆迁为什么还这么难?"

"他们也不是绝对不愿拆迁,而是认为补偿价格没有按市场价格执行。"

"价格差距很大吗?"

"也不是很大,都是些刁民在捣鬼,在漫天要价。我们已经申请了强制拆迁!"

"我知道,要不还开什么听证会呢,对了,你怎么看这次听证会?"

"这是在浪费时间!我们耗不起的,现在工程停止,我们每天都是在拿着钞票往水里扔!这是西海市政府严重违约,他们当初承诺了交地日期的!"

"嗯,这个我知道。我们是来这里求财的,不是来跟西海市政府吵架的,违约了又怎么样?去告政府吗?我们讨不到什么便宜的!就算政府支付我们违约金又能怎样,跟我们现在每天的损失相比,根本不值一提!"

"我们干吗不按老办法办呢?先强行拆了再说,让政府来擦屁股,我们以前不是都这么干的吗?听证会还要一个月呢,我们又得浪费几十天时间,这得损失多少钱啊!"

"老办法行不通了,我们也得与时俱进嘛,再说我也老了,不想折腾了,真的老啰!"

"您这哪算老啊!现在50多岁的都算是中年人。您真的相信程为能在听证会上大获全胜?"

"我相信事在人为,程为这小子有能力,手脚束缚少,手段也很野,很像我年轻的时候。"

徐广利本来还想说程为有些油嘴滑舌,不太可靠,但话到嘴边又硬生生

地咽了下去。魏大同既然说程为像年轻时候的自己,徐广利实在没有胆量去评价年轻时期的魏大同。

此时一直给魏大同撑着遮阳伞的女秘书劝说魏大同早些回去,在场的人这才意识到这黄昏的太阳也有几分毒辣,个个都已汗流浃背。

"魏总,我们回去吧,您就别担心了,这房子肯定是能拆下去的,听证会就是个过场,听证结果又不是司法判决,就是个参考而已!"徐广利也附和着女秘书的话劝说道。

魏大同没有反对,他定了定神,再次凝望了下前方的孤岛,转身缓缓地挪动了步子。

在回公司的路上,徐广利与魏大同同乘一辆车。汽车经过抵制拆迁的孤岛时,魏大同透过车窗看到了张贴在居民房屋墙上的各种标语:这是我们的家园! 私有财产神圣不可侵犯! 同联公司滚回去!

看着这些强硬的口号,魏大同半晌没有说一句话,只是不停地摇晃着脑袋,像一位帕金森症患者。

时间要是再往回倒退 10 年,魏大同绝不会像现在这样沉默地摇头,他会让这些顽固的抗议者寝食难安,惶惶不可终日。他首先会断他们的水断他们的电,还会派人去用石头和木棍敲碎钉子户家的玻璃窗户,晚上睡觉的时候,从窗户外面闹鬼似的扔进去一只死猫……

而现在,同联公司的资产越滚越大,魏大同倒是恐惧了,他想改一改游戏规则,他想做一家百年企业,他想要美誉,他想做一名真正的企业家。他变得没招了!

沉默许久的魏大同开始说话,他告诉徐广利自己对他的新安排,让他配合程为打好听证会这场名誉保卫战,并再三强调要用脑子去获取胜利,而不是凭借暴力和恐吓。徐广利没有对魏大同的安排提出异议,他只是提出由自己出任同联公司方的听证委托代理人,程为负责外围关系的运作。

"一定要记住,这里是西海,不是同治,黄明朗绝对不是一个好对付的人,

还有那个孟皓然，我听西海的人说，这两个人脑子里全是一些稀奇古怪的东西。听说黄明朗与同治市的赵书记还是大学同班同学，关系非常好。"魏大同说。

徐广利随后便得知了拆迁听证会有可能成为改革试点的事，这个消息让徐广利非常后悔，他后悔刚才自己主动请缨要出任听证代理人，要是能早几分钟知道这件事情，他绝对不会欣然请战，成为西海市听证改革的样品，像摆放在案板上的肉一样。

"听证就是个法律程序而已，很多协调工作都是在外围完成的，程为是公共关系专家，他应该在听证会外围替同联公司争取到更多的民意，排除一些障碍，要不很难有胜算把握的。"徐广利说。改革试点的消息让徐广利的自信心大受损耗，他必须事先声明，这样才能把听证会成败的关键推到程为的身上。

"他其实也是个律师，这个你恐怕不知道吧！"魏大同说，他想让徐广利与程为之间有更多的共同点，这样才便于精诚合作。

"是吗？这个我还真不知道。"

"不过现在不是了！"

"为什么？被吊销执业资格了？"

"不太清楚，我也是听说的。"

"我以为他就是个皮条客呢，没想到他还做过律师！"

徐广利觉得律师要比皮条客高明许多。

第二章

一

一阵凉风,对于现在的西海来说就是上天的一种恩赐。

这是个有凉风的晚上,市民们纷纷走出了空调屋子,来到室外乘凉,街上比白天还要热闹许多。

灯塔街已经变成了一座孤岛,它被一片拆迁工地包围着。如今的灯塔街只剩下几十户人家,他们聚集在街边的一棵大樟树下面,吃着解暑的西瓜,七嘴八舌地聊着今天发生在同联公司大门口的事。

一位年轻人被围在人群的中央,他的穿着与周围的人很不协调,像是来自另一个世界的。他的上身是一件雪白的衬衣,还系着一条蓝色花纹的领带,下身穿着一条笔挺的灰色西裤,黑色的皮鞋擦得锃亮,头发也梳理得很整洁。这是一张略带稚嫩的脸,嘴唇上方看不到成年男人浓密的胡须,也看不

出有刮过的痕迹,他的五官端正得无可挑剔,唇红齿白,皮肤白皙而干净。

在这位年轻人身边,散落地坐着男男女女,老老少少,他们穿着随意,清一色的乘凉装备,怎么凉快就怎么穿,有的人甚至光着膀子,与这年轻男人形成了鲜明的反差。

人群的头顶上方是一棵枝密叶茂的老樟树,大树干很是粗大,足足需要五个成年人来牵手环抱。一阵夜风袭来,树叶发出沙沙的声音。

"乔律师,你说我们能赢吗?"一位圆脸大眼的中年人用一把长长的水果刀切了一片大西瓜递到系领带的年轻人手中,大声问道。这个人名叫孙树贵,是灯塔街上的个体户。

"能!当然能!"被称作乔律师的年轻人底气十足地回答说。

他必须做出这样乐观肯定的回答,他刚刚取得灯塔街拆迁堡垒户们的信任,任何一丝的犹豫都能让这种脆弱的信任化为乌有。他叫乔良,西海市一家律师楼里的小律师。

政府决定对灯塔街强制拆迁举行听证会之后,乔良几乎每天都往灯塔街跑,他跑遍了灯塔街的每家每户,毛遂自荐地要当被拆迁方的听证代理人。

灯塔街的人并不相信他,他长得就很不值得信任,那张丝毫不带沧桑的脸庞是一种不成熟的标志。灯塔街的人为此还专门讨论过,一致认为乔良嘴上无毛,办事肯定不牢,他们太想赢得这次听证会了,比魏大同还要想,他们怎么可能愿意将赌注押在这位大学生模样的乔良身上呢?他们需要一间有背景的律师事务所,一位资深的大律师!

乔良并不气馁,他刻意把自己装扮得很职业,每次出现在灯塔街的时候,他总是要系上一条沉稳的领带,锃亮的皮鞋是为了显示他的细致,一丝不苟。他觉得这样的穿着才符合资深律师的形象,至少这样看起来更接近荧幕里慷慨陈词的老律师。

事务所的主任苏海江也不支持他去接这个案子,说这是一件典型的吃力不讨好的案子。要成为一名出色的律师,并不仅仅体现在他如何神乎其神地

法庭辩论,如何挑选案子也是一个必不可少的素质。乔良显然缺乏这样的素质。

乔良王八吃秤砣铁了心似的要接手这个听证案子,对于旁人的建议一概不听,固执得离谱。他风雨无阻地每天跑灯塔街,像美国总统竞选人一样敬业地拉着选票,他甚至提出了免费出任听证代理人,只是象征性地收取一元钱!

乔良也不是这么不值得信任,毕竟他是法学院的优秀毕业生,他还是当地意见领袖高望厚教授的得意门生,他有着满肚子的法律学问,只是缺少一个检验知识的实践机会。

西海市几十年不遇的高温天气倒是帮了乔良的大忙。他每次都是汗流浃背地出现在灯塔街人面前,慢慢地,街坊们喜欢上了这位执拗的年轻律师。他彬彬有礼,任劳任怨地争取着这次机会,灯塔街的每一个人都能从乔良的言行里感受到眼前这位律师似乎比他们自己更在乎听证会的输赢。

他们一致接纳了乔良,他们相信自己代表着正义,因为这里是他们的家园,这一点毋庸置疑。他们也相信了乔良,因为乔良用心,而且诚恳。再说了,乔良他的确是一名执业律师,这一点如假包换!

"我们可不能输,这里可是我们的根,也是西海的根,他们现在这么做,就是在忘本,在刨西海的祖坟。"接过乔良话的是一名头发花白的老者,70来岁的样子,说话时左手拿着一块西瓜,右手拿着一把破旧的扇子。他叫孙仲山,灯塔中学的退休教师。

在场的人都认真地听着,没有人插话,从孙仲山的语调上看,他的话还没有说完。

"可能他们早就忘了这个本了,忘了这里为什么要叫西海市了。我们这里远离大海,为什么要叫西海?因为我们是内迁渔民的后代,老祖宗们惦记着大海,所以把这里叫西海,西海市的发祥地就是我们的老西海镇,西海镇的发祥地就是这灯塔街,你们看看这棵老樟树,起码有几百年了,我小的时候,

它就是现在这个样子，没怎么变过!"孙仲山接着说道。

"就是嘛，我是说什么也不肯搬的。上次拆迁办的人和同联公司的人来做我的工作，我就跟他们说了，我家就在这老樟树下，搬到哪里去能保证我每天都能听着这树上的鸟叫声起床啊。我是画画的，就喜欢画个花花草草，画画树，这棵樟树我都画了它几百次了，离开了灯塔街我画什么去啊?"说这话的是一位不修边幅的中年男人，他的头发很长，也很乱，穿着一条宽松的大裤衩，脚上穿一双人字拖鞋。他叫孙大伟。

"要我说，这就不是补偿款的问题，我离开了灯塔街靠什么挣钱养我那一家大小，我在这里有临街小铺面，一年四季都可以做点小生意，夏天还可以卖卖西瓜。来，大伟老弟，吃块西瓜，你这话说得太好了!"孙树贵说。

"你们就别瞎担心了，有乔大哥呢，我相信他一定能带领我们打败同联地产。"一大学生模样的女孩说道。她穿着一条花色短裙，用几个蝴蝶形的发卡把额前的头发别住，脸上一双明亮而清澈的眼睛忽闪忽闪地盯着乔良，语气坚定地说。她叫孙研，孙仲山的孙女。孙研正在北京念大三，是乔良的支持者，正是她率先说服了孙仲山，才使得乔良赢得了孙仲山那宝贵的一票，局面出现了转机。

"我不会让大家失望的! 请大家放心。今天我有一个事要跟大家说一下，我希望从明天开始大家就不要再去同联公司抗议了。"乔良说。

"为什么啊? 干嘛不去呢?"人群里出现了骚动，异口同声地表达着这样的疑问。

"政府部门今天给我打了招呼，叫我劝说大家明天不要再去了! 他们说不久之后就会举行听证会，事情一定能圆满解决的，市公安局也是这个态度!"

"是同联地产害怕了吗? 魏大同他不是天不怕地不怕的吗，还怕我们几个小老百姓去他公司门口啊，哈哈!"孙树贵痛快地说。

"魏大同越是怕我们这样，我们就更得去，这表示我们的方法有作用啊!"

孙大伟也为对手的恐惧感到兴奋。

"倒不是魏大同他害怕，是市政府不赞同我们搞游行和静坐，说是扰乱社会治安。我们现在配合一下政府的态度，不给政府添麻烦，将来是会有好处的。"乔良继续劝说道。

"乔大哥说得有道理，要是市政府也觉得灯塔街的人是个大麻烦，从感情上讲他们也不会站在我们这边的。"孙研第一个站出来支持乔良。

"市政府跟同联公司本来就是一起的，什么时候跟我们站在一边过啊！魏大同这尊瘟神不就是他们八抬大轿给招到西海来的嘛！"孙树贵的老婆不高兴地说。她今天晚上一直就不高兴，心里很是埋怨孙树贵豪爽地请街坊吃西瓜，这西瓜可是用钱买来的啊！

"我不是要护着我孙女，我觉得研子的话有道理，我倚老卖老地说一句，我们得听乔律师的，我们去同联公司门口闹了这些天了，也没起啥作用。"孙仲山表情严肃地说。

孙仲山德高望重，是灯塔街剩下几十户人家的主心骨，有了他的一锤定音，事情也就基本定了下来，人群也安静了许多。乔良感激地看了孙仲山一眼，点了点头，他也看了看孙研，脸上露出了会意的笑容。

二

将灯塔街拆迁听证会作为改革试点的事没几天工夫便确定了下来，这就是黄明朗的风格，他是个听风就是雨的人，行事一贯雷厉风行，绝不拖沓。

听证改革试点定下来之后，西海市房屋产权管理局的周韶冲向市里主动请缨，要求亲自去做这场听证会的主持人。对于这一请求，周韶冲心里很有把握，因为这是他分内的事。再说了，这种出风头的机会要是让别人给抢去了，那岂不是肥水流了外人田？在自己的这一亩三分地里，怎能让他人随意开垦呢。

岂料周韶冲人算不如天算，他的一腔热情被黄明朗的一盆子冷水无情地

浇灭了。黄明朗更信得过孟皓然,他觉得唯有西海人嘴里的这位孟德斯鸠才是这次听证会主持人的不二人选,在整个西海,甚至包括同治市,也找不出另一个比孟皓然更合适的人来。在这件事情上,黄明朗实在不想搞什么民主,他指定了孟皓然出任灯塔街拆迁听证会的主持人,还特意送了孟皓然一条六字方针:公正,公平,透明。

孟皓然欣然领命,这正是他所想要的结果。跟黄明朗相比,他更不相信周韶冲,如果这件事交由周韶冲负责的话,西海市进步的历史车轮就得开倒车了。

这个任命决定让魏大同寝食难安,心里跟装了怪物一样难受,他索性把这件事当做是同联公司的一个劫数,是真正的在劫难逃。早在同治市经商的时候,魏大同就耳闻过在西海政坛有孟皓然这么一个难缠的人物,没想到自己现在却要与这位传说中的冷面人狭路相逢了!魏大同现在心里需要安慰,他需要听一些乐观而坚定的话,他想见一见程为。

程为是个能人,这一点在魏大同眼里无需讨论。同联公司大门口抗议的人群这几天已经不见了,西海电视台这些天也不再关注灯塔街拆迁的事了,魏大同知道这样的好局面都是程为在暗地里协调解决的结果。现在,魏大同想听听这个能人有什么应付孟皓然的良策。

程为的公司与同联公司隔了几条街,路程不算遥远。这天早上,魏大同独自离开了同联公司,他没有安排司机,也没有事先与程为打一声招呼,一个人独步朝着程为公司的方向走去。

程为的公司是一家十足的小公司,公司的名头远不及程为本人在西海叫得响。程为公司的员工也不多,但都是些能人。罗威是一名精干的年轻律师,当年程为还是律师的时候,罗威就是他的助理,现在也是。秦宝全是程为的首席政府关系顾问,是公司里话语最多的一位,今年刚刚40岁。秦宝全擅于处理各类关系,特别是西海和同治两市的政商关系,前些天与西海电视台以及西海市政府进行关系协调的便是秦宝全。周敏慧以前是一名职业女模

特,身材高挑,面容清秀,是当年程为从众多应聘美女中千挑万选出来的特别助理。程为的公司包括自己在内总共就这么四个骨干,其中罗威、秦宝全、周敏慧三人再各自带两名助手,外加几名内务勤杂人员,公司总共也不到15个人。

魏大同的突然到访,让程为大吃了一惊,因为这是件破天荒的事情。自从程为与同联公司确立合作以来,每一次魏大同要见程为时,都是叫秘书打一个电话,程为就得以最快的速度出现在魏大同面前,无一例外。现在,程为刚冲了一杯咖啡,准备开始一天的工作,魏大同便突兀地出现在了他面前。

程为赶忙招呼魏大同就座,吩咐秘书泡一杯好茶,自己还下意识地跑到房间中央空调控制开关处,想把冷气关掉。

"没事,刚刚走了一段路,我也热了,医生的话也不一定都是对的!"魏大同脸上挂着笑,阻止程为关掉冷气。

"魏总您听说了孟皓然要主持听证会的事了吗?"程为没有关掉冷气,他调高了一点室内设置温度,问道。

"我就是为这事来的!"魏大同环顾打量了一下程为的办公室,接着说道:"你这里不错,楼层高,能俯视西海,不错,不错!"

"站得高才能看得远嘛,呵呵!"

"你怎么看孟皓然这个事?"

"这当然不是个好消息了,他就是一台法律机器,要是周韶冲主持就好多了。"程为对于孟皓然出任主持人感到很是遗憾。

"那我们胜算的把握还有多大?"

"问题不大吧!说到底孟皓然只是个程序官而已,最实质的投票权还是握在听证代表们手里。"

"我们还是不要轻敌啊,我这些天的预感不是很好,这件事波折太多了,我总觉得会出事。听证改革的思路出来了吗?"

"还没呢,应该就在这几天吧。"

"嗯,我有一个想法,跟你沟通一下!"

"您说!"

"算是个我们之间的激励机制吧,还不太成熟,刚才在路上想的。"

"我洗耳恭听!"

"现在的听证会代表名额数量还没确定,不管孟皓然他最后定多少名听证代表,要是你只多一票胜出的话,也就是说基本没输,我就要在我们原先约定的服务费上减掉你一半;要是你赢得 2/3 的票,我就在原先的合同金额上再多给你 50 万元;在 2/3 票数这个基础上,每增加一票,我再奖励你 10 万元,如果你获得全票我就奖励你 150 万元,你觉得怎么样?"

"哎呀魏总,我数学可没学好啊,听得都有些糊涂了!"

"这样吧,我给你打个比方,假设这次听证会代表是 21 名,你要是只获得 11 票,我就要惩罚你,只付给你一半的服务费;要是你获得 14 票,这就是 2/3 选票,我就再奖励你 50 万元;然后在这 14 票的基础上,每增加一票,我就奖励你 10 万元,要是你赢得 21 票的话,我就奖励你 150 万,这下你明白了吧?钱不是问题,只要你把事情干得漂亮!"

"明白了,我接受这个激励机制,有赏有罚,很公平!"

"不过这个事情算是我们俩之间的君子协定,不得声张,连徐广利那我都没跟他说,我们也不会为这事签一个补充合同,你应该相信我不会赖你的账吧!"

"我当然信得过您啦! 魏总您喝茶,这茶很不错的!"

"还有,我不会干涉你做事的方法,但有一点你要特别注意,就是不能留下后遗症,更不能让同联公司去擦屁股!"魏大同喝了一小口茶,增强了语气说道。

"魏总您就放心吧,我完全明白您的意思,您一片苦心要漂漂亮亮地赢得这次听证会,不就是为了同联公司在西海的声望和名誉嘛,我当然不会给同联公司脸上抹黑了!"程为也提高了语调,信誓旦旦地说。

离开程为公司的时候,魏大同的心情突然好了许多,他增加对程为的奖励就像是去保险公司买了一份安全保险一样,经商多年的魏大同从来都相信重赏之下必有勇夫的道理,他不在乎这些许诺的奖励,这点钱跟同联公司现在每天在灯塔街改造项目上损失掉的钱相比,太微不足道了,再说了,这面子上的事情也不是花百把万就能轻易买得来的。

魏大同离开之后,程为也很激动。魏大同所抛出来的诱饵是很有吸引力的,尽管要求不容易办到,但程为心里有数,还是有些把握的。自称不太精通数学的程为背靠在那张舒适的老板椅上,脑子里开始不停地算账,他突然意识到,要是孟皓然设置上一百名听证代表就好了,这个基数越大,赢取的奖金就会越多,一票可就是 10 万啊,韩信点兵,多多益善,这是一名小学生都会算的账!

临近中午的时候,程为召集罗威、秦宝全和周敏慧到自己办公室里开了一个简短的会,再三强调了赢得灯塔街拆迁听证会的重要性,为此要不惜一切代价,调动一切可调动的资源。程为没有说起刚才与魏大同之间的对赌协议。魏大同说了这事不得声张。

三

孟皓然这些天很忙,他整天思考并设计着自己的改革作品,拒绝掉了一切应酬,也推掉了一些务虚的政府日常会议,这是黄明朗特许的权利。黄明朗说,现在孟皓然只需要干好这一件事情,听证会改革才是西海市政府当下的头等大事。

西海市的旧城改造是市政府审批过的重大城市建设项目,市规划局对旧城的建设规划也是立项通过了的。单凭这两点,一个小小的灯塔街是无法撼动老西海镇旧城区改造的,也就是说,灯塔街的拆迁只是时间上的事,不存在拆还是不拆的问题。

黄明朗很清楚这些,他只是不愿意看到对灯塔街实施强制性的暴力拆

迁,这太有损于西海市政府的形象,当然也有损自己的形象。在黄明朗心里有一个一石二鸟的计划,其一是彻底扭转拆迁在老百姓心中的不良形象,其二是改变饱受争议的听证会形象。这两件事都如同悬挂在黄明朗头上的两把剑,此剑不除,心里难安。

西海市的城市扩张建设是城市化潮流,这一点不假,仅黄明朗在任期间,他便亲历了太多与拆迁有关的民怨,前年西城的农贸市场建设项目还因拆迁闹出了人命来,西海市本届政府还为此被舆论戴上了不少骂名,什么"土地政府",什么"腾笼换鸟",等等诟病之言不绝于耳,就连黄明朗本人也不能幸免,被那些有怨言的西海人称作是"黄大拔"。"拔"就是"拔楼"的意思。

听证会的名声也好不到那里去,在西海市,与公共利益相关的听证会上就曾发生过扭打事件,听证代表向主持人扔香蕉皮事件。黄明朗觉得所有的这些过激事件一定是在某个环节出了问题,再这么闹下去,非出乱子不可。

黄明朗在西海的口碑一直不算太糟糕,他只是没想到自己会在城市扩建的潮流中栽了跟斗。现在,灯塔街的拆迁事件就是一枚捏在黄明朗手里的棋子,他需要深思熟虑,谨慎地落子,他可不想演一出"一着不慎,满盘全输"的戏。

跟黄明朗一样为难的还有魏大同,他比黄明朗还要焦虑。"西海同联新城"是魏大同商海生涯的收官之作,在他的计划里,等到西海同联新城落成之日,便是自己的退休之时,他没想到自己最后的一个项目竟会是现在这个样子。

同联公司的绝大多数人都认为魏大同是在瞎操心,这些人里也包括与他一起创业的元老股东,他们觉得魏大同是在拿着血本搞"形象工程",对于这条必拆无疑的灯塔街,实在没有必要花这么多细腻心思在里面。再说了,同联公司现在所拥有的财富足以吓死一头大象,犯不着像现在这样反被一群穷刁民为难住。

唯有孟皓然觉得这是件好事,甚至是个机会。他很欣慰黄明朗能有这样

的转变,从关注民生到关注民意。孟皓然认为这是大势所趋,而自己现在能在这样的大势里找到施展拳脚的机会,灯塔街拆迁听证会便是个很好的舞台。

孟皓然把自己关在市政府办公室里,他的办公桌上凌乱地摆放着几本厚厚的英文版法律工具书,他时而双目紧闭,用手轻揉自己的太阳穴,时而拿起书来翻阅,时而双手不停地敲打着电脑键盘,实在写不下去的时候,他会站在窗前凝视西海,跃入眼帘的是一座他所熟悉的城市,也是一座他曾后悔进入的城市。在这一刻,孟皓然的心境跟以前很不一样,他俯视着政府大楼正面大街上的行人,他觉得自己刚刚输入电脑的那些晦涩文字跟这些西海人的生活息息相关,他正在用所学到的知识改变西海。一想到这些,孟皓然满足地露出了笑容,他伸了一个大大的懒腰,舒展了一下酸疼的筋骨。

此时,门被推开了,走进来的是黄明朗,他没有敲门,在西海市政府办公大楼里,只有他可以这样没有礼貌。这些天楼里的人都知道孟皓然在酝酿听证会改革方案,也就没什么人自讨没趣地来找他,除了黄明朗。

"进展还顺利吧,小孟!"黄明朗自行找了个位置坐下,关心地问道。

"草案今天应该就能出来了,正想找个时间向您汇报呢!"

"哦!好啊!有困难你就跟我说,我来想办法解决!"

"程序制度设计上倒没什么困难,主要还是在借鉴一些先进的方法,要是说有什么困难的话,估计要等具体实施的时候了。"孟皓然给黄明朗沏了一杯茶,毕恭毕敬地坐到了黄明朗身边的沙发上,胸有成竹地说。

"那就好,那就好,我也觉得这事难不倒你!"

"我一直在琢磨你送给我的那六个字,公平和公正在程序上是有所保障的,只是这个透明问题,我们应该掌握一个什么样的尺度呢?"

"嗯,你有什么初步想法没有?"

"听证会改革这件事在全国范围来说都算是走在前面的了,我们要不要让全国媒体关注这件事呢?"孟皓然有些拿不准地问。

"我觉得没问题,既然是全国首开先河,就应该是全国性关注嘛。"黄明朗不假思索地说道。

"但这样也有问题,会不会被媒体指责成作秀呢?"

"只要是在办好事,办实事,我觉得作秀也未尝不可,这不算是不讲政治吧,哈哈!"

"这个事情我觉得还是得好好权衡一下利弊,还真有点吃不准!"

"这样吧,我们不主动邀请北京、上海和广州的媒体,控制一下范围,不跨省,不过现在可是互联网时代,想控制也未必就控制得了。"

"这倒是。省里对这件事什么态度,有明确的说法没?"

"这事我向赵书记汇报过,他很赞同我们这么搞,说我们西海要是试点搞得好,回头就在同治市推广,赵书记也向省里请示过,省里的态度是不置可否,但也没明确反对,他们一向如此,所以你得把事给办漂亮了。只能成功,不许失败!"

"黄市长您放心吧,这种顺应民意的事情不会失败的!"

"不是我不放心啊,魏大同毕竟是个商人,这个人我是很了解的,我就是怕他求胜心切,干出一些乌七八糟的事来,给听证会改革抹黑,灯塔街那些人我倒是很放心的。"黄明朗一说到魏大同,刚刚还舒展着的眉头立刻紧锁起来。

"也是,自古以来就是道高一尺,魔高一丈,是上有政策,下有对策,真是防不胜防,所以这些天我一直就在这个程序上下工夫,好的程序和制度是可以减少舞弊空间的,但终归还是杜绝不了!"

"嗯,严防死守吧,千万别闹出笑话来,我相信你的能力。"

"对了,晚上我要见一拨美国客人,是一家大型跨国公司总部的人,他们计划在西海与邻省交界处建一座超大型的物流基地,你可是老美国了,带其他人去我不放心!"黄明朗转移了话题,充满信任地说道。

这本是孟皓然分内的事情,他知道黄明朗之所以如此客气,是不想自己

在别的事情上分心。孟皓然不是个给鼻子就上脸的人,他知道好歹,知道权衡利害,黄明朗是自己的伯乐,一直以来对自己照顾有加,总是在有意无意地给孟皓然制造各种机会,听证会再重要,也没有黄明朗的一句话重要啊。

孟皓然跟随黄明朗前往,晚上还陪客人喝了一点酒,这个时候他才意识到自己竟然如此迫切地需要一点酒精,这些天来为了改革方案的事一直都没睡好,看来今晚托酒精的福,可以睡个安稳觉了!

四

程为手拿着指甲剪细心地修剪着指甲,左手,右手,左脚,右脚,轮番修剪了个遍。在送走了魏大同,与罗威他们开完会之后,程为上网打开了邮箱,他又收到了那封古怪的邮件!

他一边修剪着指甲,一边寻思着要不要回复这封邮件。今天魏大同的到访,再加上他们之间的对赌机制使得程为的心情不错,要不然他是根本不会思考这个问题的。人一旦心情好的时候便会干出一些平时想都不会去想的事情来。

程为放下了指甲剪,敲打着键盘,给那封奇怪的邮件作出了最为简短的回复:我不在同治,在西海,最近很忙,没时间见你,你到底是谁?你有什么事?

邮件发出之后,程为意识到自己干了件蠢事,对于这种无厘头的垃圾邮件,自己还回复它干什么呢,难道自己还指望着接下来会发生一段离奇的网络艳遇吗?

接下来发生的事情更让程为觉得自己真的很蠢,在短短的一个小时里,他不停地点击着鼠标,刷新着收件夹的页面——他竟然期待着立刻收到对方的回复!

程为还真收到了回复邮件,内容同样也很简短:十分感谢你的回信,我也在西海,我想把钱还给你,五年前我捡到了你的钱包,你可能忘了这事了。

唉！一言难尽，还是找个时间见面详谈吧！

程为被邮件的内容弄得一头雾水，他下意识地感觉到自己可能是遇到了网络骗子，要是对方再问自己要银行账号的话，就更可以确实这一判断了。对于对方拙劣的骗术，程为感到好笑，这种低级的诈骗术怎么能让自己上道呢？这骗子的功力未免也太浅了吧！钱包！什么钱包？这些年因喝酒误事丢失的钱包和手机还少吗？

他打算不再理会这件事情，他有很多重要的事情要去办，没必要把宝贵的时间用在一个素不相识的网络骗子身上。他给魏大同打了一个电话，重申了自己完全赞同那个对赌激励机制，在电话里，程为再次表达了自己的决心，他要给魏大同交上最完美的答卷。

他还给徐广利打了一个电话，约了见面聊一聊应对之策。徐广利的语气有些阴阳怪气，程为并不在乎，按照他与魏大同的约定，徐广利只不过是自己的一枚棋子，是在为自己打工，他犯不着跟徐广利生气，他盘算着如何用好徐广利，为自己创造更大的财富。程为很理解徐广利这种敌对的态度，换作以前，徐广利才是那个帮助魏大同解决各种疑难杂症的人，而现在程为在争抢这个重要的角色。

徐广利说程为现在就可以去同联公司见面，因为他正好有时间。程为把时间推到了第二天上午，他不想把自己的姿态放得太低，尽管他现在正无聊地修剪着指甲。如果说同联公司有一个人可以对程为招之即来、挥之即去的话，那这个人应该是魏大同，而不是其他任何一个人，这是程为心里的底线。徐广利只是同联公司的外聘高级顾问，不是同联公司人人都可以随意驱使的奴才。

第二天上午，程为姗姗地来到了同联公司，他没有急着去找徐广利，而是在同联公司溜达了一圈，还特意去公关部看了看刘洋，毫无主题地闲扯了一番，快 11 点的时候他才敲响了徐广利办公室的大门。

"哎哟，程总大驾光临，有失远迎啊！"徐广利一看到程为便貌似礼貌地招

呼道。

"真是打扰徐大律师了哈,不耽误您时间吧!"程为也表面客套地回应道。

"程总这次亲自过来,有什么重要指示啊?"

"徐老弟啊,咱俩现在可是同一条绳上的蚂蚱,共同肩负着重任,恐怕要同舟共济一段时间啦!魏总特意交代,叫我要好好与你合计一下听证会的事呢!"程为不想在这里跟徐广利耍嘴皮子,他不客气地提溜着一把椅子摆放到了徐广利的办公桌前,一屁股坐了下去,正经地说道。

"有什么事情程总你尽管吩咐,我一定尽力而为!魏总也特意交代我要全力配合你的工作!"

"谈不上吩咐了,一起共同探讨对策吧!徐律师觉得本次听证会获胜的关键是什么?我想听听你的想法。"

"说实话?"

"当然是说实话了!"

"照我说啊,听证会的结果根本就影响不到灯塔街的拆迁。什么是关键?依我看,关键就是老老实实履行完听证程序。我还真不信了,同联新城项目还能半途而废不成。"

"也不一定吧,事情不到最后就不好下定论,本次听证会可是孟皓然主持的改革试点,有他在,好多事情还真不好说。"

"孟皓然有什么可怕的,他不是你中学同班同学嘛?"徐广利满脸的不以为然,换了个坐姿,点了一根香烟,说道。

"你怎么知道孟皓然是我同学?"程为像是大白天撞见了鬼一样惊诧。孟皓然是自己中学同学这件事,他相信在整个西海市都没几个人知道,程为与孟皓然都不是西海本地人,知道这段历史的人自然不多,再者在西海,程为几乎没有向外人提起过这层关系,他不喜欢孟皓然,他没觉得一个小小的市长办公室主任能给自己脸上贴多少金,不提也罢!程为也有十足的把握相信,孟皓然绝对不会向人提起自己,程为有自知之明。

"怎么,老同学关系还算是个秘密啊,你们又不是军统特训班的同学,哈哈!"徐广利诡异地笑着,不正面回答程为的问题。

"咳,孟德斯鸠这个鸟人你又不是不了解,亲兄弟都未必有用,更何况我这个老死不相往来的老同学呢!"程为也点了一根烟,镇定了一下神经,调侃道。

"总得念旧情吧,毕竟都是人嘛,难道你们之间还有什么深仇大恨不成!"

"那倒没有,但我很了解他这个人,百分之百没戏!"

"我倒是有个想法,可以把这个难对付的硬骨头一脚给踢出去!"徐广利狠狠地掐灭了烟头,像是掐着孟皓然的脖子一样使劲。

"哦?你有什么高见?"

"魏总不是叫我出任同联公司方的委托代理人嘛,我的意思还是由你来扮演这个角色,然后我们再有意把你和孟皓然的这层特殊关系透露给灯塔街那边,他们肯定会有所行动的,就算不搞什么改革,老一套的听证会也得讲个回避制度吧,诉讼法里不是说,与本案有利害关系或其他关系可能影响公正审判的,便可以主张回避,就凭你们这层老同学关系,他这听证主持人就绝对干不成了!"徐广利认真地分析道。

程为突然发觉眼前的这个徐律师绝非善类,打起架来也是属于那种招招致命的亡命徒,将孟皓然踢出局这个事情,程为是想都没敢想,徐广利竟然一招简单的回避制度就能将对方一军,不简单啊!程为一边琢磨着,一边把跷着二郎腿的右腿放了下来,轮换着将左腿压到了右腿上,平静地问道:"这能行得通吗?孟皓然可是黄明朗钦定的人选,他可是穿黄马褂的,要是将他给换下去不是在打黄明朗的耳光嘛,再说了,这听证改革的程序规则不就是他们定的嘛,不过这个素材倒是很好!"

"我就是这么随口一说,也算是个建议,具体怎么办还是你来定夺吧!"徐广利轻松地说道,好像这件事并不重要一样。其实徐广利的心里也很矛盾,他原先是主动要求充当代理人角色,后来他听说灯塔街听证会会成为改革的

靶子时,他便后悔了。但如果把这个位置让给程为,程为再采纳自己刚才的建议把孟皓然成功地踢出了听证会,这样的话程为的胜算可就绝对加大了,这可是徐广利最不愿看到的。与其这样,还不如由自己来担当代理人,要是赢了的话跟自己有着莫大的关系;若是输了,还可以把责任推给程为这个听证会第一负责人。

"听说程总也是律师?"徐广利突然问道。

徐广利的话再次让程为感到吃惊,他心里有种很坏的想法,觉得对面这位满脸带着坏笑的人八成是在背后刻意地调查过自己,否则这一切无法解释得通。

"你的消息不全对! 准确地说,我应该是名被除名的律师,哈哈!"

第三章

一

离开了徐广利之后,程为回了趟公司,他把徐广利的想法转述给了罗威和秦宝全,叫他们俩帮忙评估一下利用回避制度棒打孟皓然的风险。

罗威和秦宝全很惊讶于程为与孟皓然的这层关系,他们之前对此并不知情。这也是程为刚才在徐广利面前吃惊的原因:就连自己的合作伙伴们都不知道的事情,徐广利是如何打听到的呢?

罗威很兴奋,他觉得这里面完全可以大做文章,他认为按照徐广利的想法换掉孟皓然并不是什么上策,既然有了这层关系就得好好利用,牢牢地保住孟皓然在这次听证会上的角色,继续由徐广利充当同联公司代理人的角色,程为在外围活动,用尽一切办法来攻克孟皓然这座桥头堡。

秦宝全则持不同意见,他还是主张把孟皓然赶出听证会。秦宝全说自己

很有发言权,他一直以来都在负责协调政府关系,对政府内需要疏通的各个环节都了如指掌,一直以来他都是绕着道儿避开孟皓然走的,在秦宝全眼里,孟皓然完全是一个油盐不进的人,他甚至怀疑孟皓然不食人间烟火,这不算是他的主观判断,西海市政府里那些跟秦宝全要好的人也是这么评价孟皓然的。

"就算我们能拿下黄明朗,都未必能拿下孟皓然!"秦宝全语气坚定地说。

"也不一定吧,毕竟是同学关系,有一个共同的同学圈子,就算他不买程哥的账,他总得买某同学的账吧,我就不信他全班几十号人,没一个跟他相好的!"罗威有点不信。

"还真没有,我们的中学同学聚会他一次都没参加过!"一直在一旁听着罗威和秦宝全争论的程为开口说道。

"回避这一招也未必就管用,这个孟德斯鸠对我们来说是个障碍,对灯塔街那边来说也许就不是了,他们就算知道了这个情况也不一定就主张孟皓然回避,总不可能由我们来主张吧?"程为接着说。

"还有,我们如何假装无意地把这个消息透露出去也是个问题。这是在挖坑,别人不一定就往里跳啊!"秦宝全说。

三人的讨论没持续多久就散了。程为晚上回到家里,独自躺在床上还在不断地冥思着,他随意地翻着床头柜上的杂志,一本又一本地轮换着。他根本看不进去。

程为起身下了床,来到了客厅沙发处,他随手拿起了茶几上的一份《西海晚报》,很不幸的是,他看到了孟皓然的脸,在新闻图片里,孟皓然就站在黄明朗的身边,旁边还有几个白皮肤的外国人。

他扔掉了手中的报纸,随手用遥控器打开了电视,在西海新闻节目里,他又看到了孟皓然,还有黄明朗!这两个人就像是穿着同一条裤子一样形影不离,这让程为的脑子不得不再次回到白天所讨论的问题上来。

抛开实际操作难度不说,换掉孟皓然也许真的是一个馊主意!这不是在

打黄明朗的脸吗？程为寻思道。

整个晚上，程为睡了又醒，醒了又睡，在床上一直熬到凌晨5点，便睡意全无地起了床，换了一身运动装出去跑了一大圈。6点的时候，程为大汗淋漓地回到了家，洗澡，做早餐，一个人忙活了一个早上。煎糊了的鸡蛋让程为很难下口，他又想到了孟皓然，心想这件事情必须谨慎对待，要是不小心把孟皓然也给煎糊了，听证会这顿大餐恐怕就大煞风景了。

他决定上午再去见一见魏大同，就这件事情汇报一下，听听魏大同的想法。

魏大同也有些拿不准，沉默了半晌才挤出几个字来，他反问程为道："你怎么看？"

程为有些失望，他原本是指望由魏大同来果断地作出决定，自己执行便是了，他要是知道怎么办，就不会大清早地跑到同联公司来了。

"这个事有利有弊，实在是很难权衡！"程为摇了摇脑袋说。"要是真的能把孟皓然换掉，接替他的九成就是周韶冲，周局长可是我们的老朋友了，他不会刻意刁难我们，办起事来方便多了！"程为补充说道。

有了程为的这句补充，魏大同提议大胆试一试，说就算不成功也不会有太大的损失，对于同联公司这边来说，无非就是将徐广利这位委托代理人换成程为而已。黄明朗就算为这事发飙，也飙不到同联公司头上来，只要事情安排得再周密一些，黄明朗怎么会想得到这是一场刻意安排的戏呢？

两天之后，灯塔街的人便开始交头接耳地议论开了这件事，他们每一个人都很气愤，恨不得又再次聚集到同联公司门口抗议，不对！这一次应该去市政府门口请愿才对。

乔良也在第一时间得知了这一消息，在一片群情激昂之下，他也感觉到晴朗的西海市上空一下子乌云密布，就差七月飞雪了。

孟皓然在西海的口碑，乔良是早有耳闻的，他甚至认为孟皓然可以当之无愧地成为法学院毕业生的楷模。但这一次，乔良心里很不踏实，他开始怀

疑这位楷模了,他不相信孟皓然是一位圣贤,能做到六亲不认。

乔良被灯塔街的人包围着,他必须替他们去伸张权利。他心里有些犹豫,作为被拆迁方的委托代理人,在听证主持人确立之前,他也对曾对听证会主持的人选作过种种分析,他当然不希望由周韶冲来主持,就凭周韶冲平日里与同联公司眉来眼去的关系,周韶冲这个名字在乔良的工作笔记簿上早就被画了一把大大的红叉了。

在主持人这个人选的问题上,乔良的判断跟黄明朗是一致的,他也觉得在西海市,没有比孟皓然更合适的人了,只有孟皓然才可能做到公平、公正、透明。

现在,乔良的心里很纠结,他从心底里是愿意相信孟皓然的,但他如何说服这些义愤填膺的灯塔街人呢?万一这个孟皓然跟同联公司的代理人同学关系过分亲密呢?他此刻需要一个德高望重的智慧支持,这个声音要足够的响亮,这个人的一声咳嗽就足以影响到灯塔街人的情绪,也足以说服自己。

乔良决定去拜见一下他的恩师高望厚,在这座城市,高教授凭借着自身的影响力曾不止一次地为民请愿,他敢言,敢怒,不畏强权,总是在为地方的公共利益献言献策,在西海和同治都深得民心,他的答案应该可以算得上是一个标准答案了。

灯塔街民声鼎沸的关口,乔良坐上了一辆开往同治市的大巴。他要去求一个答案,为了确保有一个可信的人回头向灯塔街人转述高望厚的标准答案,他还特意带上了孙研前往。

“在西海,很多人都管小孟叫孟德斯鸠,这些人的本意应该是贬义调侃,但在我看来,这是最大的褒义!”在听完乔良的来意之后,高望厚语速缓慢地开口说道。

“小孟没有法国这位大思想家的成就,但他身上有孟德斯鸠的影子,孟德斯鸠作为一位伟大的法学家,他的著作不多,但一部《论法的精神》就足以奠定资本主义国家的理论基础了,什么是法的精神?我相信小孟理解得会

很深。"

高望厚无论在什么场合说话,语气都跟在三尺讲台上一样,况且对面正坐着的就是他的学生,高望厚一脸的正经,此刻他好像不是在跟乔良讨论孟皓然,而是在谈论孟德斯鸠。

"但中国始终是一个人情社会,法不外乎人情!"乔良在上学期间不仅通读过《论法的精神》,他还读过《波斯人信札》和《罗马盛衰原因论》,他了解孟德斯鸠,胜过对孟皓然的了解,他有些担忧地说。

"你想要赢这次听证会,孟皓然就是你的一道保障,孟德斯鸠讲自由和平等,但他强调自由的实现要受法律的制约,就算是政治自由,也不是想做什么就做什么。"很显然,高望厚把法国的孟德斯鸠和西海的孟皓然搞混了。

二

同联公司的代理人与孟皓然是中学同学这件事,在灯塔街引爆,转而在西海市流传开了。当然,它也传到了孟皓然的耳朵里。

孟皓然不假思索地作出了判断,认为这个消息的源头一定就是他那位久违的老同学程为,若不是程为主动爆料,在西海还会有谁知道这件事呢?

他破天荒地主动给程为打了一个电话,郑重告诫程为最好不要在这件事里搅浑水,不要在私底下玩小动作,在他的眼皮子底下,这些伎俩都是没有市场的。在电话里,孟皓然也表明了自己的态度,说如果作为被拆迁方的灯塔街对这层关系提出异议,主张他回避,他一定会按法律程序办事,以维护听证会的公平、公正!

程为很克制地喊了冤,说这件事跟自己毫无关系,自己也不知道是谁在这里面捣乱。孟皓然自然不会相信程为的辩解,程为也没打算让对方相信,作为一名曾经的执业律师,他只是习惯了凡事都会下意识地辩解。

周韶冲闻讯之后也借机再次请战,他始终把黄明朗的改革当做是一项形象工程,既然旨在"形象"二字,市政府在这件事上就得更加谨慎,适当地避

嫌。对于周韶冲的建议黄明朗没有轻易松口,再次把浮出头的周韶冲按了下去。

西海市西海镇旧城拆迁改造项目当初立项之时就已经举行过一次听证会,当年的拆迁听证会正是由周韶冲主持的,他邀请了市国土局、发改委、信访局、建设局、规划局、市法治办的工作人员以及人大代表、政协委员参加听证,组建了一支超豪华的听证队伍,而西海镇的居民则作为旁听代表出席,周韶冲这样精心刻意的安排使得西海镇的旧城拆迁改造顺利过了第一关。

现在情况不同了。如今整个西海镇已经快拆迁完毕,接近尾声,只剩下了60来户人家的灯塔街,正是同联公司对这60户申请强制拆迁,才再次有了今日的听证会。孟皓然觉得这次听证会代表与上一次要有明显的区别,更应该强调公众性来公正合法地保障被强制拆迁人的话语申辩权,而不是由一群政府机构工作人员来主导听证会。

这不是孟皓然矫情,他有着自己的考虑。现在孟皓然的手上就正拿着一份《西海市人民政府关于西海同联新城项目建设的会议纪要》,在这份会议纪要的开头就有着这样的描述:西海同联新城项目是市委、市政府引进的大型商业地产项目,根据市政府与同联房地产开发有限公司签署的协议约定,需按约定时间向同联公司净地交付土地,否则视为违约,要承担相应的违约责任。在这份纪要的结尾部分,更是明文号召市政府和有关部门要排除一切困难,明确专门负责人制,确保西海同联新城项目快速推进!

现在离市政府交付土地的时间已经过去了三个多月了,要是由政府部门的工作人员来作为听证代表,他们的态度和立场可想而知。孟皓然不想承担这个官官相护的骂名,他更不想让自己主持的听证会改革最后沦为一场十足的政治秀。即便是西海市政府正面临着违约的压力,他也不想作出让步。

在孟皓然的听证方案里,他摒弃掉了周韶冲以前广泛邀请政府部门工作人员参与听证的做法,从60户灯塔街居民里按照5%的比例,确定了由被拆迁方推举出三名听证代表来,无法民主推举产生的,则由随机抽签的方式确

定。孟皓然考虑到人大代表和政协委员一直以来所承担的政治角色,专门由政府指派了一名市人大代表和一名市政协委员担当听证会代表。

听证代表总共 11 人,其余 6 名代表在公众报名者中产生,按照听证代表公开报名要求,他们的年龄在 18 至 65 周岁,具有完全行为能力,有一定的分析问题能力和语言表达能力的西海市公民,男女不限,但必须能保证亲自参加听证会。西海市城市房屋拆迁管理办公室作为唯一的组织机构参与听证会,负责回答听证双方提出的一些相关问题,但没有投票权。除此之外,孟皓然还计划从落选听证代表的公众报名者当中抽取 30 名旁听代表。

对于 6 名公众代表的产生方式,孟皓然设置了一套可行的规则:先从广大报名者中随机抽取 20 名备选代表,然后由拆迁与被拆迁双方的听证委托代理人从这 20 名候选人中选出 6 名代表,其中双方分别可行使 7 次否决权,只要一方进行否决,就视为淘汰,双方都不予以否决的备选代表才能最终将成为本次 6 名公众听证代表之一。如果双方表决通过的人选最后超出 6 名,则采取随机抽签方式确定。

程为和乔良很快就拿到了这份听证会规则。灯塔街的 60 多户人家花了一个下午的时间投票民主推选出孙仲山、孙树贵和孙大伟三人作为被拆迁方的听证代表。在市公证处的主持下,听证双方的代表到场,从报名者中随机抽取了 20 名备选代表。

这次抽签仪式程为没有参加,他委托徐广利去了趟现场,对此徐广利很是不情愿。为了实施驱赶孟皓然的计划,同联公司已经更换了委托代理人,现在这个角色是由程为担当,徐广利实在不太愿意充当一个跑腿的小角色,特别是为程为跑腿!

在抽签会上,徐广利见到了乔良,这让他感到有些惋惜,原来对手竟然是一个乳臭未干的毛头小子,自己真是错失了立功的良机,他觉得程为真是有些狗屎运,连个像样的对手都没碰到。徐广利甚至为灯塔街的人感到遗憾,如此事关自身财产利益的大事,怎么能安心把希望寄托在一位学生模样的小

伙子身上呢,这真是有点"蜀中无大将,廖化作先锋"的悲壮了。

　　按照孟皓然所设计的规则,乔良和徐广利都拿到了这20位备选代表的材料,既然他们各自对这20位代表都有7次否决权,他们就理应对他们有所了解,这样的规则是公平,是由双方选举出来的代表来作最终裁决。

　　这20位备选代表的身份材料并不详细,每个人的介绍文字都堆积在一张A4纸上,稀稀拉拉的文字还不足以填满一张纸。都是些姓名、性别、年龄、政治面貌、家庭住址、职业信息等基本简历。

　　程为对徐广利带回的20张A4纸并不感到特别兴奋,他之前早就通过特殊渠道拿到了所有公众报名者的复印材料,他还曾通篇翻阅过这些千篇一律的枯燥信息,看着这20名抽签出来的代表的资料,有些人的信息还在程为的脑海里留有一丝的印象,主要是那些姓名怪异,或职业特殊的人。

　　当然,这20张纸对程为来说也并不是全无用处,至少他可以缩小范围,之前他已对这些报名者进行了大致了解,目的就是为了挑选出一些合适的人选来塞进听证会,现在看来,硬塞的道路是行不通了。更不幸的是,程为当初脑子里挑选的那几个不错的种子选手一个都没出现在这20位代表名单当中,程为心想这几个人的运气实在是不怎么样,白白错失了一次赚钱的机会。

　　程为也没有表现出太多的遗憾。永远不要跟运气不好的人合作,这是程为从实践中摸索出来的真理,连抽签都没被抽中的人运气实在是太一般了,不合作也罢! 他现在有些从心底里佩服孟皓然了,抛开个人成见和恩怨不谈,孟皓然所设计的规则确实很高明。这个规则毕竟给了程为7票否决权,这让人心服口服!

　　他把这20张A4纸按照性别分类,用图钉把它们依次张贴在了办公室里的一面墙上,张贴完之后,程为大功告成地拍了拍手,面对着墙壁仔细地端详着,像是在巴黎卢浮宫里欣赏油画一样认真。

　　女人真少! 只是三位。程为嘀咕道。由此看来这女性参与政治活动的热情真是不高,要不就是女性的运气不好,抽签的时候被大量淘汰掉了。

好像还少了点什么？程为往办公桌方向走了没几步又回头看了看这面墙，略有所思地对自己说。

"每个人还差一张照片！要是再配上照片就好了！"程为一下子便想到了缺什么，自言自语道。

三

一条黑影进了西海市欧美经典家园的一幢居民楼，他是从外墙的窗户爬进去的。

欧美经典是西海市最高档的社区，小区里到处都有监控的摄像头，但在社区监控中心的电视屏幕上都没有出现这条黑影，他巧妙地躲开了每一个摄像头。监控室里的保安无精打采地张着大嘴，打着哈欠。

黑影顺利地进入了一套房间，屋里一片漆黑，黑影没敢开灯，他从身上掏出一只只有钢笔般大小的手电筒，他把手电筒拿得很低，紧贴着地板行进，手电筒发出一种微弱如豆般的光亮，像即将燃尽的火柴。

大概过了两分钟，黑影渐渐适应了室内的光亮，室外各种夜间发光体透过玻璃窗户折射进室内的光亮足以让他看清室内的东西。他干脆关掉了手电筒，在每个房间里摸索着，他在找东西！

这是一套很大的房子，有四个房间，两个厅，房子被收拾得十分整洁干净，房屋的墙壁上挂满了各种书法作品和油画，看得出它的主人是一个对生活环境很讲究的人。黑影没有在客厅做太多的逗留，他把搜索的重点放在了四个房间里。

黑影在一间房里找到了一部台式电脑，他没有抱走电脑的意思，现在的电脑并不算值钱，价值可能还不如墙上挂着的半幅画。他打开了电脑。

一切顺利！电脑没有设置开机密码，成功开机之后，黑影从包里掏出一只半块砖头大小的移动硬盘来。

第二天早上，欧美经典家园所属的街道派出所接到了报案，派出所派两

名警察赶到了案发现场。

"昨天晚上这里有小偷来过!"房子的主人对警察说。房主是一位年近40的女人,她穿着时尚且怪异,一身宽松的衣服有点像民族服饰,上面绣着奇特的图案,她留着一头短发,比男人惯常的头发长不了许多,她算不上漂亮,脸颊上有些许雀斑,颜色很淡,像是用某种美容方法处理过。

"黄大姐,你仔细检查检查,看丢什么东西没?"一位身材略胖的民警客气地对报案的房主说。街道和社区里的很多人都认识这位黄大姐。

"我都检查过几遍了,没有丢东西。"

"那您怎么就断定来过小偷呢?贼可不走空啊!"一位随行的小区保安插话说。欧美经典家园自从第一户业主入住以来,治安环境就一直很好,是典型的富人居住小区,平时闲杂人等想进去都难。

"你的画也没有丢?"胖警察问。

"没有,真没有!"

"那你怎么这么肯定小偷来过呢?"胖警察有些迷惑了。

"你们来看看这个脚印,我哪来这么大一只脚啊,平时我都把家里打扫得干干净净的,可以说是一尘不染,怎么会有这个脚印呢?"黄大姐带着警察和保安走到客厅通往房间的过道上,指着地板上的脚印说道。

"你昨晚什么时候回家的?"略瘦一点的警察问。

"大概12点多吧,昨晚有个聚会,喝了点酒,回来就睡了,早上我打扫卫生的时候才发现的。"

"这几天没别的客人来过家里?有可能是他们留下的脚印。"瘦警察说。

"不可能,绝对不可能,我这个人特别爱干净,不会允许别人穿着鞋进来的,再说也没谁来过呀!"

胖警察接下来还问了一堆零碎的问题,还给现场的几个带着干灰尘的脚印拍了照片,离开的时候还特意吩咐黄大姐要关好门窗,说他们会尽快破案。离开黄大姐家之后,社区保安还带着警察去了趟监控室,调取了昨晚的录像

资料,但没有发现任何有价值的线索。

　　警察离开之后,黄大姐又在屋子里转了好几圈,还是没发现有任何丢失的物品,这让她感到很纳闷。

　　这一天,西海市多了一位奇怪的游客,他戴着一顶棒球帽,把帽檐压得很低,他还戴了一副大大的墨镜,帽子和墨镜这两样东西几乎遮住了他大半张脸,就算很熟悉的朋友碰到也不敢相认。

　　他应该不是外地人,他开着一辆很破旧的捷达车,胸前挂着一部佳能相机。他整天开着捷达车满西海市乱转,看起来是漫无目的。他并没有光顾西海几大还算有些名气的名胜古迹,就连西海最大的西海公园他都没有去过。他混迹在人群中,时不时地拿出相机来拍照,从他拿相机的姿势上看,他应该是一位专业的摄影师,他的器材装备也很专业,手里正拿着的相机安装着一只大炮筒镜头,镜头很长,可以进行远距离拍摄。但他拍照拍得有些心不在焉,每次举起相机的时候总是快速地按下快门,生怕被人发现似的,显得有些草率。

　　他有时候干脆连车都懒得下,他把捷达车停靠在路边有树荫的地方,坐在车里悠然地吸一根烟,突然他会把刚刚才点上的香烟扔出窗外,拿起相机咔嚓咔嚓地乱拍。

　　他足足在西海的大街小巷里拍了两天的照,自始至终他都没有摘下过那顶棒球帽和那副浓黑的墨镜,这两天里也没有谁见过他说过一句话,好像他脸上那张暴露在阳光里的嘴巴除了抽烟和偶尔喝一口矿泉水,完全就失去了说话的功能一样。

　　在这两天时间里,黄大姐的案子没有丝毫的进展,好像所有的人都忘记了这件事一样,包括街道派出所的警察,欧美经典家园的保安,甚至包括黄大姐自己。

　　这件事还是能找到一些发生过的痕迹,在欧美经典家园社区公告栏里,保安部张贴了一些防贼防盗的安全提示,提醒居民们千万要注意关好门窗,

夏天天气炎热，一定要关了窗户睡觉，不给小偷可乘之机。

这还不算完，欧美经典家园保安部还添置了几部摄影头，安装在他们以前忽略的几个位置上，算是亡羊补牢。

从20名公众备选代表抽签仪式开始，西海市的听证会改革就算是正式拉开序幕了，抽签仪式举行过后的第三天，市政府专门为此召开了一次新闻发布会，市里、省里的各大新闻媒体被邀请参加，黄明朗和孟皓然正装出席了发布会，以示庄重。

在新闻发布会上，孟皓然把更多的机会留给了黄明朗。黄明朗有很多话要说，干脆一次说了个够。黄明朗算得上是一位不打官腔的市长，他做到了大话和套话不讲，但是他敢讲，包括讲一些稍微出格的话。发布会因为有了黄明朗而显得格外的热闹，记者们喜欢黄明朗的风格，争先恐后地问了一堆的问题，黄明朗有问必答，有时候他还嫌自己说得不够到位，点名叫孟皓然出来做补充。

听证会双方都没有出席这场官办的发布会，程为躺在办公室那张舒适的沙发里，大口大口地吃着一个大苹果，他看着电视新闻里的黄明朗和他的老同学孟皓然，脸上露出一种很难解读的笑容。

程为身边的茶几上摆放着一个牛皮纸袋，这是罗威刚刚给送过来的，他打算吃完苹果之后再打开这个袋子。

四

程为没有起身离开沙发，他把啃剩下的苹果朝着两米开外的垃圾桶扔出了一个漂亮的抛物线，准确无误地落入了桶内。他很满意自己的不俗身手，惬意地拍了拍双手，然后从桌上的手纸包里抽取了一张带着香味的纸，擦了擦手。

他把擦过的手纸揉成了一个小纸团，再次扔向垃圾桶，不过这一次他失败了。他笑着摇了摇头，不再管它。

程为打开了那个牛皮纸袋，从里面取出一张张清晰的照片，他认真地挑选着，对照着照片背面书写的名字，把照片对号入座地张贴在那面贴有 20 位备选代表材料的墙上。

这些照片正是那位神秘西海游客的作品，他受雇于罗威，为了偷拍这些照片，他在西海游荡了两天。他喜欢罗威给他提供的这份临时工作，罗威开出的报酬丰厚，不是按照片数量计酬，而是按工作小时计酬，平均每工作一小时他便可以从罗威那里获得 200 元的收入，这比他在照相馆里拍那些矫揉造作的人要划算得多。如果罗威不特意交代这活属于"特急"的话，他倒是愿意背个相机在西海闲逛上个把月的。他早上刚把照片送到罗威的手里，依然是那只露出半张脸的副特工装扮，他与罗威选择在一间早餐店里接头，一手交钱一手交货，用一只硕大的牛皮纸袋换取了罗威手里的一个小信封。

他仿佛突然爱上了这份工作，临别时言辞诚恳地希望有再次合作的机会。罗威也很诚恳，他拍着胸脯做了保证。

罗威被程为叫进了办公室，走在罗威身后的还有秦宝全和周敏慧。他们四人像观看电影一样地坐在那面墙的正前方，把墙当成了大屏幕，仰着脑袋审视着这 20 张程为刚刚张贴上去的照片。

"我们只有 7 次否决权，我们得认真分析这 20 个人里谁会对同联公司最不利，我们的对手恐怕现在也正在做这样的功课！"程为作了简短的开场白。

"他们应该没有我们这么图文并茂吧，哈哈！"罗威对于自己安排的作品很是得意。

"这个，不太好分析吧，我们又不是心理学专家，凭什么来判断他们究竟是支持同联公司还是支持灯塔街那班人呢？"秦宝全对这事有些担忧，没什么信心。

"还是能找到一些有用信息的，他们的职业，他们的衣着都有可能透露他们的内心。"程为给团队打气似的说道。

"也没那么难吧，我建议先把这三个女人否决掉！"周敏慧站了起来，走近

那面墙，用手指着三个女人的头像说。

"为什么呢？难道真的是同性相斥啊，女人何苦为难女人啊，哈哈！"罗威半开玩笑半认真地说。

"相对来说，女人要比男人更有同情心，你们想想，要是灯塔街的人打打悲情牌，说自己无家可归了，这三个女性代表会怎么想？"周敏慧解释道。

"有道理啊，小周说得有道理！"秦宝全拍着大腿兴奋地赞成道。刚才还有些迷茫的他觉得周敏慧的分析对他很有启发。

"嗯，这么一说还真有些道理，我建议先暂时把这三个女人打个红叉叉吧。我是真不了解女人，看来还是女人了解女人。"罗威恍然大悟，也顶了一个。

"废话了不是，我们男人什么时候了解过女人啊！"秦宝全调侃道。

"依我看，男人不了解女人这个事并不是关键！"程为也加入了讨论男人和女人的行列。

"那你说什么是关键？"罗威好奇地问。

"关键是女人们都了解男人，这才是最要命的，哈哈！"程为说。

听了程为的话，在场的每一个人都觉得是高论，纷纷贡献了几声大笑。程为这时站了起来，拿着一支水彩笔分别在三张纸上做了标记。"言归正传，4号呢？你们觉得这个4号怎么样？"程为已经对20张A4纸编了号，刚才的三个女人分别是1、2、3号，接下来便是清一色的男性代表。

4号是一位30多岁的中年男人，他留着四六分的发型，戴着一副黑框眼镜，皮肤不是很白，但很健康，他的手臂粗壮，显得很结实，上身穿着一件耐克短袖衫，被拍照的时候他正从一辆丰田蓝鸟车上下来，回头张望的一瞬间被镜头定格。

"还是让小周说吧，你刚才不是说女人了解男人嘛！"秦宝全没有开玩笑，他信任地看着周敏慧说。

"我说老周，照你这么说，剩下的17个男人岂不是由我们的大美女包圆

了啊!"罗威说。

"我觉得4号可以保留!"周敏慧在众人的抬举下倒不谦虚,肯定地说。

"说说你的理由!"程为也好奇起来。

"你们看啊,这个人是从驾驶位下车的,他戴着近视眼,应该不像个职业司机,这丰田车应该是私家车,你们再看他的衣服,这是今年刚上市的新款,售价在600元以上,这个人的肤色和肌肉很健康,他可能会经常去健身,所有这些信息都表明他的生活质量不错,有知识,偏理性。同联新城是一座现代化的综合商贸城,里面有影院、咖啡厅、健身俱乐部,4号没有理由反对修建这个项目!"周敏慧受到了鼓舞,分析得更为细致。

三个男人忍不住鼓起掌来,用行动来表示他们完全赞同周敏慧的分析。

"了不得,真了不得,小周你也太精明了吧,我看以后哪个男人敢娶你哦,哈哈!"秦宝全是个话痨,总是会不失时机地插科打诨。

"嫁不出去我就干脆不嫁喽!"周敏慧有些自嘲地说,说话的时候她用眼睛看了看程为,好像她嫁或不嫁跟这个人有莫大的关系似的。

"敏慧的眼光很犀利,这倒是给我们提供了一些角度,依我看,我们接下来可以把那些生活水平低下的人划出来。现在不是流行仇富嘛,只有穷人才仇富,魏大同可是远近闻名的大富豪啊!"程为深受启发地说。

在程为的建议下,四个人又根据照片里人物的服饰和职业一致否决掉了几位城市贫民。对于那些没有明显特征的人,程为也纷纷做了批注,希望能在以后的工作中找到新的线索来作为判断的依据。

大概过了一个小时左右,程为突然发现孟皓然所给出的7次否决权根本不够用,这势必造成很多可疑分子成为漏网之鱼。程为觉得这倒是个问题,这也正是孟皓然的高明之处!

第四章

一

乔良也在看这20个人的材料。他在一套租来的一居室里,躺在床上翻阅着。他没有开分析会,因为他没有团队。在灯塔街拆迁听证会这个案子上,他只是一个法律个体户,连个帮手都没有!

事务所的苏海江主任在乔良的软磨硬泡下,才勉强答应了以律师事务所的名义去接这个案子。这是一个不挣钱的案子,苏海江对那些跟钱无关的事情实在是提不起多大兴趣来。

在这间小律师事务所里,乔良没有单独的办公室,他还不够格。苏海江只分给他一个工位,公共办公区的冷气不是很足,乔良不愿意大热天的在那里呆太久,他宁愿呆在家里做功课,就像现在一样,穿一条几乎透明的丝质小短裤,一件篮球背心,四仰八叉地躺着。

乔良也有一个帮手,这个帮手就是孙研。孙研的暑假还没有结束,完全可以在西海呆到听证会结束,她自告奋勇地要做乔良的帮手,乔良倒没有拒绝,他欠着孙研的人情账,灯塔街的人最终能接纳他,孙研功不可没。不过乔良压根就没指望一名考古系的大三学生能在这件事上起多大作用。

　　乔良和孙研二人都没觉得分析这 20 个备选代表有多重要,他们都相信公道自在人心,相信代表们的眼睛是雪亮的,雪亮得能明辨是非。祖上留下的房产怎么能轻易被剥夺呢?这是个浅显的道理!

　　但他还是觉得有必要熟记一下这 20 人的信息,他发现这 20 个备选代表里竟然还有一位是来自一家地产公司的从业人员,他觉得应该把这个人给剔除出去。乔良否决掉地产从业人员之后,手里还拿着 19 份材料,这简直是无从下手!他们都是西海市善良的市民,他们报名参与听证会就足以证明这些人关注灯塔街的强制拆迁,对于这剩下的 19 名热心肠人,乔良不知道该如何取舍。

　　乔良绞尽脑汁地想着,想着想着就睡着了,醒来的时候已经是下午两点十分了。他是被一个电话吵醒的,打电话的是一个年轻的女人。这个女人不是孙研。

　　从这个电话里乔良得知他的对手很重视这 7 次否决权,还专门开了分析会讨论,打电话的女人还告诉他,他要面对的对手是一个很专业的团队,一定要小心应对。

　　挂掉电话之后,乔良开始感到有些紧张,睡意全无,也忘记了自己还没有吃午饭,他再次拿起那一叠 A4 纸,更认真地分析起来。

　　按照孟皓然所制定的规则,听证机构应当在举行听证会的 10 个工作日前将听证会材料送达听证会代表。这意味着必须在听证会举行前十天,甚至更早一些,确定最终听证会代表。

　　根据这一时间要求,对 20 位备选代表的最后遴选被确定在两天之后举行,地点是西海市万龙大酒店的一间小会议室里。

在这两天里，程为又闲了下来。这两天正好是周末。第一天在魏大同的邀请之下，两人去同治市打了一场高尔夫球。西海市没有高尔夫球场，这是魏大同的一个遗憾，自从他从同治移师到西海之后，他对同治市唯一魂牵梦绕的就是那片绿茵茵的球场。魏大同的球技不赖，运气好的时候能打出76杆的成绩，高尔夫是魏大同唯一的生活乐趣，而现在他想打球就不得不在西海和同治两地穿梭，好在两地相距不远。

魏大同想过在西海也建一座球场，但这些年国家对城市高尔夫球场用地的审批限制得很严，他不得不放弃这个念头。有很多问题是花钱也解决不了的。这是魏大同在修建高尔夫球场这件事上得出的结论。

程为的球艺很一般，属于刚刚离开练习场的水平。他也没打算把自己锻炼成一名高尔夫高手，他觉得自己心浮气躁的心境不太适合这项运动。很多人做事都习惯于见好就收，这也算是一种生活智慧，而对于各种业余爱好，程为是"入门就收"，他会打桥牌，打得很臭，他还会下围棋，仅限于知道规则，知道什么是金角银边草肚皮，当然他也会打麻将、斗地主，但输多赢少。程为说自己玩得最好的业余爱好可能就是赚钱，这是句大实话。

程为没有开车，他是应邀坐着魏大同的宾利车去的球场，在路途中魏大同问得最多的还是听证会的事，程为劝说魏大同要放宽心，说自己有信心打赢这场仗。

魏大同提出想看到听证会的现场，而他自己又不想去现场，现场肯定会有很多敌视他的人在，他不合适出现在那个场合，询问程为有什么好的解决办法。

听证会的地点定在万龙大酒店，程为说可以想办法，只要听证会现场不设在政府大楼里，就一定能把监控摄像头安装进去，不过这件事需要万龙大酒店的工作人员配合。

魏大同一听便顿时来了精神，万龙大酒店的老板顾宏斌是他生意场上的朋友，也是高尔夫球场上的球友，帮这点小忙是绝对没有问题的。"你不早

说,早知道今天就叫他一起来打球了!"魏大同兴高采烈地说。

同治的天气比西海好不到哪里去,也像一只烧得很烫的锅炉。高尔夫球场在同治市的郊区,离市区还有 20 多公里的路程,一到球场,程为就发现了另一个世界。

高尔夫球场依着一片湖泊而建,湖泊位于球场的南面,它的西南方向是一片小树林,真可算得上依山傍水。这里有风,吹的是南风,风从湖泊的水面上而来,程为能看到小树林东区的树枝在随风摇摆。

程为以前来过这个球场,但不是在炎热的夏季,也就没有什么特别的感觉,现在看来,这里简直就是一处避暑胜地。

他陪着魏大同玩了 4 个多小时,打了个 18 洞。魏大同心里装着事,今天发挥得有些失常,成绩不是很理想,他向程为唠唠叨叨地介绍着西海同联新城,回忆着自己的商海生涯,时而兴奋,时而忧伤。

程为只是倾听,他没什么要对魏大同诉说的,他只是惦记着能快点打完这场球,好赶紧去湖边的啤酒坊美美地喝几扎冰镇鲜啤酒,这样才对得起这里的清风。

二

程为最终还是没喝上那爽口的啤酒,打完球之后魏大同接了一个重要电话,急着要往西海赶。程为也没好意思单独留下来实现自己的小梦想,而且他今天自己没有开车来,他得继续搭乘魏大同的宾利车回西海。

回到西海之后,程为决定对今天这一小小的损失进行补偿。他找了一家路边烧烤摊,吃了一堆烤肉串,喝了好几瓶冰啤酒,只是这路边冒着油烟的意境跟那湖边幽静清凉的啤酒坊相比,有些天上地下了。

晚上上网的时候,程为又收到了那封执著的邮件。事到如今,程为已不用古怪、奇特、莫名其妙等词汇来形容这封邮件了,而是用执著代替,他觉得这个词更为准确,他心里甚至有些欣赏这份固执,就算对方真的是骗子,那也

一定是一名有职业原则的骗子，冒着傻气和韧性。

　　他决定去会一会这个"骗子"，看看对方究竟是个什么样的人，很多事情捂得太久就会成为一个谜了，他不想让这个谜持续下去，他要抛开一切杂念，来应对即将到来的听证会，排除一切干扰。再说了，在西海这个地面上，还有谁能骗得倒自己呢？

　　更重要的是，明天是周日，他没什么特别安排。

　　他发出了这封决定赴约的邮件，定了见面的时间和地点。为了见面时能相互找到对方，程为还在邮件里留下了自己的手机号码。

　　晚上10点多钟的时候，他接到了一个陌生来电，是那个"骗子"打来的。

　　电话那头的声音很激动，也很诚恳，是个男人，声音还有些发尖，不属于浑厚的男声。程为觉得这可能是对方心情过于兴奋的缘故。

　　"应该不是个骗子！"程为躺在床上自言自语地说。

　　整个晚上程为都没有睡好，他不是因为激动，而是实在想不出来，对方找自己见面究竟会有什么事情。早上刷牙的时候，这个疑团还在程为的脑子里不断盘旋。

　　法典咖啡是程为经常光顾的咖啡馆，它离程为的公司不远，也就步行10分钟的路程，它离程为的家也不远，走路15分钟便到。程为选择将公司办公室安置在家的附近，主要是为了方便，他每天都可以步行上下班。

　　这家咖啡馆的面积不大，80平方米左右的样子。西海钟情咖啡的人并不多，西海的房租却不便宜，程为觉得法典咖啡这么几年下来没有开垮关门，完全是因为它的小。法典咖啡在一间临街小屋里，店主装修的时候特意拆掉了临街的砖墙，换成了透明的落地玻璃，这样更方便招揽生意，程为喜欢他家地道的欧式咖啡，更喜欢店里自制的法式糕点。

　　见面定在上午10点，程为9点半的时候便到了，他计划着先到法典咖啡吃一顿早餐填饱肚子，昨晚的烧烤加啤酒把他的肠胃闹得很不舒服，早上起床的时候他就想到了这里咖啡和面包的香味。

程为没想到的是,对方来得比他还要早,当他走进咖啡馆跟店主打了个招呼,正要去寻找他习惯坐的位置时,他看到了临街玻璃处的位置上有一个年轻小伙子正在向自己招手!

　　他好像说过认识自己! 程为愣了一下,心里想到。但他实在对眼前这个年轻人毫无印象。程为没走几步就来到了小伙子身边,笑脸相迎,打了个招呼,拉开椅子在年轻人对面坐了下来。

　　"您就是程唯实老师吧,我还记得您的样子,没怎么变!"

　　"对,对,就是我! 你是……?"程唯实是他以前在同治做律师时的名字,后来这个名字随着他的律师执照一同消失了,变成了今天的程为。

　　"乔良! 您叫我小乔就行! 您恐怕不记得我了!"

　　"是,是,不记得了。小乔,乔良……!"程为后面的话几乎是嘀咕着说的,他觉得自己好像在什么地方见过这个名字,但一时又实在想不起来到底在哪见过。

　　俩人一边客套地寒暄,一边各自点了咖啡,程为还要了一大块刚刚烤出来的面包。

　　"你别一口一声地叫我老师了哈,我哪做得了老师啊! 我应该比你大好几岁,不嫌弃的话叫我程大哥吧!"程为撕下一小块面包塞进嘴里,纠正道。

　　"叫您老师不会有错的,您在同治市天一律师所做大律师的时候,我还是法学院的学生呢!"

　　"你怎么知道我在天一所呆过? 对了,别您啊您啊地称呼了,听着别扭,你! 嘿嘿!"

　　"我们真的认识?"程为听对方说得有板有眼的,自己却如云山雾罩。

　　"五年前我去天一所找过你的,在你的办公室里,给你送钱包去,你的钱包丢在云山大道上,被我捡到了,里面有你的身份证,还有很多银行卡,里面还夹着一张你的名片,我就是根据那张名片找到你的!"

　　"哦,对对对! 记起来了,你可是帮了我大忙了,要不那次我得去补办身

第四章
053

份证、挂失银行卡,得忙死我不可!"程为一拍脑门,终于想起了乔良。他遗失过很多钱包,但能把钱包亲自送上门的可就只有乔良一个人了!

"你可长大了啊,一点不像了,那时我感觉你就是个小孩!"程为说。

"其实我当初是骗你的!这些年我一直为这个事情感到不安!"乔良换了一副严肃的面孔,说道。

"骗我?怎么可能,那就是我的钱包啊!"程为又被蒙上了一头雾水。

"真的,当初我也是有苦衷的,我特意留下了你钱包里的那张名片,就是想今后能找到你,跟你说明真相,并好好地感谢你。后来那张名片不见了,怎么找都找不着,直到一个月前我才在一本旧书里意外找到了它。你的电话换了,怎么打都是空号,我还打电话去天一所打听过你,接电话的人也说不知道你上哪去了,所以我就开始给你的邮箱发信,我觉得邮箱是不会轻易换的!"

"感谢我?到底是怎么回事?是我要好好感谢你才对啊,是你捡到了我的钱包,并给我送了回来,为我减少了多少麻烦啊!"

程为一下子被彻底搞糊涂了,眼前这个年轻的不速之客就像是年轻的魔法师,瞬间把程为带进了一座庞大的迷宫,怎么绕都绕不出来。

三

乔良停顿了片刻,一口喝掉了一半杯中咖啡,像是在给自己加油,下面的话需要勇气,他得给自己鼓劲。

"我当初说钱包是我在一个偏僻的垃圾箱旁边捡到的,钱包里除了那些证件和银行卡,没有一分钱,说是有人取走了里面的钱之后再把钱包扔在那的。"

"是啊,对啊,你就是这么说的!这很正常嘛。这些卡对小偷来说没什么用,他们又不知道密码。"程为仍很疑惑。

"其实我是在说谎,我捡到你钱包的时候,里面有5870块钱,是我把钱取走了,再把钱包还给你的。我那时候太需要钱了,当时家里有好几个月没给

我寄钱了,那时候我在法学院读研一,想去报考司法考试,司法考试的辅导培训班需要钱,买学习资料也需要钱,所以……"

乔良没有把下面的话说完,他打开了随身所带的手提包,从里面取出一只厚厚的牛皮纸信封,放到了咖啡桌上。

"这里是一万块钱,我现在连这5年的利息一起还给你,实在是对不起!非常感谢你的5870块钱,它对我的作用非常大,帮我渡过了难关,我那年顺利地通过了考试!"乔良用感激和愧疚交织的眼神望着程为,说道。

程为被眼前这名年轻人震住了,他半晌说不出话来,他不知道要说什么,该说什么。他内心丝毫没有责怪的意思,他被眼前这位年轻人的举动感动着,什么是犯错?什么是对?程为失去了辨别的能力。

"小乔,你能这么做,我很震惊,我真的不知道该说什么好,我一点都不怪你,相反,我感到很欣慰,也很感动,这钱你拿回去!"程为说着把牛皮纸信封往对面推了过去。

"这钱你一定得收下,这本来就是你的钱,这是我上班后挣来的钱,很干净!"乔良又把信封推了回去。

"这个我知道,以你现在的行为来看,在这个社会里你挣不到不干净的钱! 是我以前的钱不干净,不过它能最终帮到了你,我很高兴,这个钱我真的不要!"信封又被推了过去。

牛皮纸信封暂时静止了,乔良也呆住了,因为坐在对面的这位程大哥说自己的钱不干净,这让他很是意外。乔良此刻也不知道该说些什么好,他没想到自己的忏悔还有着强大的传染功能,它竟然带动了另一个人的忏悔。

"程大哥你这是说的什么话啊?"乔良沉默了几秒钟,满脸疑惑地说道。

"真的。我说的是实话,我现在已经不是律师了。"程为心里很清楚乔良话语的指向。"我是被司法局吊销律师资格的!"

"为什么啊?"

"你是法学院的毕业生,应该听说过驰名商标的司法认定吧?"程为点燃

了一支香烟,缓缓地说道。

"我知道,驰名商标通过司法认定来确立是国际通行做法,我们国家应该是从 2001 年开始采用的吧。"

"没错!想成为驰名商标,只有两条路可走,第一条路就是通过国家工商总局商标局和商标评审委员会的审核,你知道,这条路很难走通的;第二条路就是通过法院审理商标侵权案来进行司法认定,这个方法就要容易多了,是条捷径!"程为猛吸了一口烟,冷笑着说。

"也不容易吧,都是些没名气的商标,谁去侵权啊,现在商标侵权都是侵犯知名商标的,这才有利可图嘛。"

"找个托儿制造一个商标侵权的假案不就可以了嘛,这样的业务我做了好几年,业务多得都做不过来,因为地方政府对驰名商标都有奖励政策,好像最高的会奖励到 500 万元,再说了,就算企业不为了政府那几百万元的奖励,成为驰名商标总是个好事,对经营上有利!"

"听起来好像也不完全算是个坏事,这应该算法律的漏洞吧?"乔良听了程为的讲述,有意识地替程为说话。

"这事坏就坏在侵权是制造出来的,从操作上来讲一般也需要法官的配合才行,这是条法律产业链,我出事的时候,被牵连进来的法官就有好几个!一锅端了,唉!"程为掐灭了烟头,接着又从烟盒里取出一支烟来。

程为这几年来很少跟人提起这件事来,他改了名字,不再做律师,现在的生意也做得很红火,他希望与过去彻底地告别。若不是面对乔良的坦诚,他是打不开这道记忆闸门的。

"程大哥,你上学时的理想是什么?"乔良想更多地了解这个对自己不掩饰错误的人。

"理想?做大律师咯!不过理想是会不断改变的,如果一个人几十年下来没有变换过理想,一定是脑子有问题,也不现实。钱钟书不是说过,20 岁不愤青是没血性,40 岁还愤青就是没脑子了,这说明人是善变的。"

"我的理想和你一样,也是做一名大律师,我现在只是一名小律师,小到别人都不认为我是名律师!"

"好啊,希望你五年之后理想不变,哈哈!"

"我曾经还是一个完美主义者呢,哈哈,曾经哈……记得我上中学的时候,有一个事特逗,那时我暗恋一个特漂亮的女孩子,后来发现她也喜欢我,于是我们就约会。有一天下晚自习的时候,我跟她去学校附近的河边约会,一起看天上的星星,很浪漫,哈哈! 突然我听到一声奇怪的声响,原来是她放了一个屁。我很惊诧,这让我很难接受,她那么漂亮纯净,怎么也会放这样的响屁呢? 从那天以后,我就再也没跟她约会过! 你说这是不是完美主义?"程为接着说。他坐在这间幽静的咖啡馆里,觉得乔良是位不错的倾诉对象,乔良一脸的正气,很值得信任。他喜欢这个叫乔良的年轻人!

"是吗? 有点太不可思议了吧! 你现在知道这个女孩在哪里吗?"

"知道啊,她现在就在西海。后来她出了国,回国后嫁给了另外一个中学同学,这让我很是意外!"程为没有瞎说,因为这个女孩现在是孟皓然的妻子。

"对了,你有女朋友吗?"程为问道。

"有!"

"也在西海?"

"对啊,在西海!"

"找个时间一起聚聚吧! 对了,这钱我不能要你的!"

一直安静地躺在咖啡桌上倾听着两位萍水相逢之人各自揭短的牛皮纸信封又开始运动了。

在乔良的一再坚持之下,程为也不得不作出了让步,只拿了 5870 元。当天消费的咖啡与面包由乔良买单,这也是乔良所执意坚持的。

他们俩从早上一直聊到中午,双方都大有相见恨晚之感,一起说了好多跟律师相关的话题。正当两人在咖啡馆里相谈甚欢的时候,街道对面有一双眼睛正透过临街玻璃墙始终关注着他们俩的一举一动,中途从未离开过。

四

西海科技大学的校园很是冷清,学生们都在暑期回家了,部分留校的学生也因为这炎热的高温选择呆在宿舍和教室里,懒得出门。

知了趴在校园里的绿化树上,发出阵阵鸣叫,树叶被强烈的阳光照射得发出一种油亮的光,从茂密枝叶的空隙里透出来的阳光投射在水泥地面上,形成了一簇簇带着圆点的光斑,像一只只发光的筛子。

周敏慧走在校园安静的林荫道上,偶尔才能碰到几个暑期留校的学生。周敏慧的回头率很高,因为她长得很高。今天她刻意把自己装扮得像个学生模样,没有化妆,也没有像平常一样穿一双走起路来就会发出突突声的高跟鞋,而是穿着一双平底步鞋。她其实并不喜欢穿高跟鞋,因为这会让她显得更加高大,高跟鞋只是她的职业需要。

她背一只普通的帆布包,穿一条不算干净的牛仔裤,以及一件胸前印着一副卡通图案的T恤,还戴了一副平光眼镜,她觉得自己今天很像个大学生。她要混进西海科技大学的图书馆就必须像个学生,这里可不是模特学校,也不是电影学院。

这可不是个好差事。要混进学校图书馆就得有学生证,很显然,她没有。程为叫她自己想办法,说就凭她这张讨人喜欢的脸,坐火车都不用买票,上馆子都可以吃霸王餐,更何况混进一个小小的图书馆呢。这话听起来很中听,但溢美之词绝不是解决问题的钥匙,她想让罗威来完成这个艰巨的任务,没想到罗威一口回绝了,他说自己长得像教授,就算去整容也未必就能装扮成学生。秦宝全就更不用说了,在公司里就数他年纪最大,更当不了冒牌大学生。

周敏慧满脸堆着笑地跟女学生搭讪,最终都没借到学生证,她看上去不像个坏人,却是个十足的陌生人。她开始转向男学生,请求男同学去给自己搞一张女生的学生证。进图书馆毕竟不是进中南海,只需要将证件的封皮一

亮就可以了,弄一个女生证件只是以防万一,人的样子是可以随着时间起变化的,性别就很难变了!

她很快就成功了,她在学校操场上找到几个打篮球的大学生,很快就达成了此事。她说自己是大学篮球队的,暑假回到西海,呆着无聊,想去图书馆学习。她长得太像篮球队队员了,这比真话还要可信。

周敏慧终于顺利地混进了西海科技大学的图书馆,她在那里忙活了整整一个下午,找了一本科技大学内部版的论文集,复印了一大摞的论文资料。这几天她就一直在寻找这些论文,她尝试过网络搜索,也特意去逛了一趟书店,都没有收获,后来她打听到科技大学的学校图书馆里有她要找的全部论文,就跑到这里来冒充大学生了。

周敏慧在西海科技大学图书馆里忙得热火朝天的时候,灯塔街的大樟树底下也来了两位不速之客。

这是两个男人,他们衣着光鲜,40来岁,开着一辆宝马车,一副成功人士的装扮。他们是来找孙大伟的,从上海过来。

在灯塔街找孙大伟很容易,这比周敏慧混进学校图书馆简单多了。灯塔街的人都认识孙大伟,他是灯塔街人眼里的艺术家,孙大伟的画现在还卖不出什么好价钱,但这并不影响他在灯塔街人心目中的艺术家形象。

孙大伟热情地把两位远道而来的客人领进了门,这里已经好久没客人了。每个人都说功成名就的大艺术家是孤独的,而默默无闻的画家孙大伟同样也是孤独的。

客人把宝马车停在了孙大伟家的大门口,这是一辆红色的宝马,在太阳光下发出一种迷人的金属光泽,刺激着每一个灯塔街人的眼睛。这让孙大伟觉得很有面子——迷人的汽车停在他的家门口。

两位客人是上海梦幻国际画廊的高级雇员,孙大伟认识名片上的中国字,名片设计得很精美,像一件艺术品,他们一个叫Kevin,一个叫Stone,孙大伟认真地看了名片的正反面,都没有找到他们俩的中文名字。

"今年 9 月梦幻画廊会在佛罗伦萨举办一个油画展,主要是展出我们国家有潜力的中青年画家的作品,有人向我们画廊推荐了你,所以我们特意过来看看。"那个叫 Kevin 的人开门见山地说明了来意。

"佛罗伦萨? 是意大利的佛罗伦萨吗?"孙大伟的心提到了嗓子眼,险些从嘴里蹦了出来。他竟然不记得地球上只有一个佛罗伦萨了! 孙大伟是意大利文艺复兴时期佛罗伦萨画派的忠实粉丝,他喜欢马萨乔的《失乐园》,也喜欢乔托的《犹大之吻》,当然,他更喜欢达·芬奇的《蒙娜丽莎》。他做梦的时候都不下十次游览过这座如油画般的城市,阿尔诺河上的维奇奥桥,闻名世界的圣母百花大教堂,这每一个饱含历史沧桑的地方都让他神往。

"是的,是意大利的佛罗伦萨!"Stone 微笑着说。他的举止文雅,手指很白净,也很长,不论是拿画笔还是弹钢琴,相信都是世上最合适的手指。

"有人推荐了我? 你们没开玩笑吧!"孙大伟回到了现实,语气充满了怀疑。

"是的,我们在全国寻找有潜力的画家,孙先生这么没信心吗?"Kevin 正儿八经地说。

"我不是这个意思,我的意思是说这件事太突然了!"孙大伟稍稍停顿了一下,又补充了一句:"我当然有信心!"

"能给我们看看你的作品吗,挑几幅你比较满意的!"Kevin 说。

"我正有此意,我对我的作品都很满意!"孙大伟说完便起身去了画室。

不一会儿,孙大伟又折了回来,两手空空的。

"你们干脆来我画室里看吧,好多作品都挂在墙上呢!"孙大伟客气地邀请道。

两位贵客立马起身跟随着孙大伟进了画室,在孙大伟的指引介绍下,他们认真地欣赏着孙大伟专为他们两人"开设"的画展。

为了表示对孙大伟的赞赏,他们时不时地点着头,还发出啧啧的声音,孙大伟听得出来,这些动作和声音都是赞许的意思,他脸上一直挂着笑容,配合着这一融洽的氛围。

"孙先生你介不介意我们带几幅画回上海？"Kevin 开口说道。

"我们可以支付定金，也算是押金吧，毕竟我们是初次见面！"Stone 见孙大伟面有难色，及时地补充道。

"没有关系，没有关系，你们喜欢哪幅拿走便是了，一看就知道你们是国际大公司，我信得过你们！"孙大伟见对方提到了钱，立马慷慨起来。

"这不是信得过信不过的问题，这是我们画廊的规矩，所有的作品都饱含着画家的智慧和心血，怎么能白白取走呢！"Kevin 强调说。

孙大伟可不想轻易破了梦幻国际画廊的规矩，便不再吭声，反正这些画一年也卖不出几幅，现在有人要付钱拿走，这不是件坏事。再说了，还有佛罗伦萨在召唤呢！

三个人在画室里呆了十多分钟之后又来到了会客厅，Kevin 站在会客厅里望着窗外的院子，很有兴致地说道："孙先生，你这院子可真不错啊！"Stone 听了 Kevin 的赞美也附和着说："真的是不错，幽静，舒适！"

"就快要拆了，恐怕是保不住，这边要建商业城，正在拆迁呢！你们叫我大伟就行，别叫先生了，还真不太习惯！哈哈！"

"那真有点可惜了，不过没关系，旧的不去新的不来嘛，我们得一切向前看，现代城市建设就是这样的。"Kevin 在刚才坐过的位置上坐了下来，说道。

"就是啊，这次佛罗伦萨的画展你要是能一鸣惊人的话，恐怕在西海也呆不住了，管它拆不拆呢，哈哈！"Stone 拍着大伟的肩膀说。

"也是，也是，要是这辈子就呆在西海这么个地方，是够没劲的，我确实想出去走动走动了，这次画展的事就有劳二位了！"

"你放心，应该问题不大，我们把画先带回去给专家评审看看。我们俩虽不算真正的行家，但也是看过不少的作品的，我觉得你的画不错，真的很不错！"Kevin 说。

再次听了赞美的话，孙大伟心里跟吃了蜜糖一样美滋滋的，他赶忙热情地给两位客人倒茶，深有感触地说了些怀才不遇的话。

第五章

一

周一早上9点,西海市万龙大酒店的大堂里比往常多了很多人,变得异常热闹,他们是来自西海市、同治市和省甲各大报小报的记者,他们在大堂里到处转悠着,个个把眼睛擦得雪亮,不放过任何一个有价值的采访对象。

对20名备选听证代表的最终选择会定在10点钟,主持会议的孟皓然还没有来,同联公司的代表和灯塔街的代表也还没有到场,大堂里散落着一些早早到场的备选代表,但他们的额头上没有贴着标签,也没有挂着参会的胸牌,记者们只能各自凭着自己的职业敏感判断着谁是代表。当然也有最笨的方法,就是逢人便问上一句:你是代表吗?

9点30分!二楼的会议室大门被酒店工作人员打开了,记者们又一窝蜂似的挤进了会议室,争先恐后,生怕晚到一步就错过了重大新闻人物。

猎物终于出现了,三名代表在会议室门口观望了片刻,犹犹豫豫地在备选代表席上落了座,不料他们的屁股刚刚挨到板凳就迅速被记者包围了。记者们你一句我一句地问着各种问题,两名代表被这样的阵势弄得有些不知所措,起身想离开座位,但无论他们如何努力,都始终逃不出这个严严实实的人墙包围圈。

　　乔良出现了,他穿得像新郎一样体面,若不是这酷热的天气,他原本计划还要穿一件西装外套的,后来他认真考虑了一下,最终放弃了这一想法。他穿了一件海蓝色衬衣,系着一条灰白色的韩版窄领带,打扮得像个明星。他早上6点钟就起床了,如临大敌似的睡不着,心里有些紧张,于是盘算着先过来热热场,熟悉一下环境。

　　他很聪明地找了一个不起眼的角落坐下,没有被记者发现。备选代表们的资料现在还在他的脑子里乱蹿,跟高考前的情形差不多,生怕脑袋来一次剧烈的晃动就把记忆清空了。

　　孟皓然也来了,跟他一起进场的还有一名书记员。今天他穿了一件灰色的薄西装,白色衬衣,没有系领带。不到两秒的时间,他就被包围了。孟皓然没有逃,他有应付媒体的丰富经验,他善于演讲,也会打太极,这些都是他在美国法学院的模拟法庭辩论课上锻炼出来的本事。

　　程为最后一个到场,他穿了一条休闲西裤,上身穿一件高尔夫衫,紫色的。出门的时候他还专门泡了一个澡,头发上抹了发胶,看上去油光锃亮。

　　他一眼就看到了孟皓然,他没有上前打招呼,因为这看起来似乎很难,孟皓然正被记者包围着。他扫视了一眼会议室,看到了角落里的乔良。

　　昨天与乔良分开之后,他一回到家里就特意翻看了灯塔街拆迁听证会的卷宗,在上面他找到了乔良的名字。他本来是想给乔良打一个电话来印证这件事的,但他又觉得很没有必要。他想这九成是同名同姓的缘故,如果乔良正好就是灯塔街方的委托代理人的话,那地球就一定能撞上火星,这个概率毕竟太小了,世上哪来如此巧合的事呢。

他忘了乔良是一名律师,这完全可以增加这件事的概率,而现在乔良就坐在会议室里,程为这才意识到地球真的撞上火星了!

"你是灯塔街方的委托代理人?"程为走到了乔良的身边,满腹疑惑地问道。

"是啊,程大哥你怎么来了?"

"真是活见鬼了,我就是同联公司的代理人啊!"

"你是程为?"这件事太过于突然了,乔良的脑子有些发懵,脸都涨红了。

"是的。很意外是不是?"

"这名字……"

"这是我现在的名字。我也没想到是你啊,这事太邪门了!"

两个同时受到巨大刺激的人面面相觑,都不知道接下来说点什么好。感谢孟皓然解围,他此时已经跳出了包围圈,拿着话筒叫大家各就各位。

会场逐渐恢复了秩序。20位代表一个不落地坐在代表席上,邻座挨着的人之间交头接耳地低声议论着;媒体记者也回到了媒体席位上,手里摆弄着录音笔;程为和乔良神情落寞地在代理人位置上落了座,满腹的心思。等到会场安静下来之后,孟皓然在主持人位置上拿着话筒简短地宣布了会场纪律和代表选拔规则;书记员坐在孟浩然的一旁,她负责做现场文字记录。

在孟皓然的规则设计里,每一位被考核的备选代表都需要起身离开自己的座位,站在一个专门为他们设置的位置上,接受听证双方代理人的询问。对于每一位代表,代理人只有权提出一个问题,但可以就同一个问题进行不脱离该主题的追问。

现场一下子变得安静极了,只听到人的呼吸声和空调冷气的声音。

第一个上场的便是程为心中的种子选手,周敏慧详细分析过的4号"丰田男"。他今天穿了一件淡黄色的短袖衬衫,程为一眼就看到了他手腕上那块价值不菲的腕表。程为想保住他的代表资格。

程为放弃了提问,他心意已决,没必要再为此多费口舌,他只是希望乔良

不要对丰田男进行否决。

"曹先生,请问您结婚了吗?"乔良问道。

"我结婚五年多了。"

"有小孩吗?"

"有个女儿,三岁了。"

乔良从公开的信息中了解到,曹子鸣大学本科学历,受过良好的教育,现在《西海晚报》任广告部副主任,乔良翻阅过这家报纸对拆迁这件事情的所有报道,态度还算中立,同联公司在《西海晚报》也没有广告投放。他愿意相信媒体从业人员,如果他已婚而又有孩子的话,男人的责任心便会得到加强,乔良觉得责任心很重要。

乔良没有对曹子鸣实施否决,程为首战告捷,如愿以偿。程为不清楚乔良留下曹子鸣是出于何种考虑,他不经意地看了看乔良,乔良此时也正在看他,心里想着跟程为心里一样的问题。

第二个备选代表是一个40来岁的女人,程为照旧放弃了提问权,他要否决掉20位代表中仅存的三个女性代表,这是分析会上定下的既定方针,他不想现在临时改变它,提问显得有些多余。

乔良也不想提问。这个女人看起来跟灯塔街上孙树贵的老婆是那么相似,她穿着简单,皮肤稍黑,头发梳理得不算整齐,身上唯一的贵重物品可能就是脖子上的那条项链。很显然她来自一个普通市民家庭,跟灯塔街上的60多户家庭一样。乔良想留住她。

投票表决的时候,程为毫不迟疑地把她给否决掉了,乔良有些小小的失落,他坚信眼前的这个人会站在灯塔街人的一边。按照游戏规则,只有双方都投了赞成票的代表才能留下来,乔良只能在心里面觉得可惜。

不到半个小时,就依次审核了10名备选代表,其中程为行使了4次否决权,他否决掉了3名女性代表,外加一名国有企业的车间检验员。乔良行使了3次否决权,其中包括那位地产公司从业者、一名专门批发零售西海特产

的私营个体户,还有一名自由职业者。乔良觉得自由职业者的态度就像他们的职业一样漂浮不定,个体户就更别提了,事业做得再大一些就是另一个魏大同,这样的人一定得排除在正式代表的行列之外。这半个小时下来,双方都认可的代表只有 3 名。

魏大同很不赞同程为把 3 名女代表踢出局去,他振振有词地表达着自己一肚子的看法,他觉得天下没有不喜欢逛街购物的女人,同联新城是一座商业城,它未来一定是广大西海女性的购物天堂,她们没有理由反对自己。

魏大同此刻正在万龙大酒店一套很宽敞豪华的客房里通过电视监控屏幕观看着现场,陪同他一起的是徐广利,还有程为公司的周敏慧。

徐广利在一旁不失时机地煽风点火,说程为这是在任意挥霍手中宝贵的否决权,太不专业了。周敏慧被程为派来的任务就是为现场直播做解说,她认真地向魏大同作着解释,用尽了各种手势来增加说服力,这可比前几天在分析会上说服罗威和秦宝全他们困难多了。

二

11 号是一位 50 多岁的男人,在程为办公室墙上张贴着的照片里,他推着一辆半新不旧的大二八自行车,穿一身老式夹克便装,戴一副宽边近视眼镜。

程为已经决定在他身上消耗掉第五票否决权,"二八自行车"出现在西海西城的农贸市场门口,这个农贸市场的建设拆迁是发生在前年的一件大事,闹出了人命,惊动了整个西海,就连黄明朗现在只要一想到这件事,脑袋就跟裂开了似的疼。

"二八自行车"出现在这里不是件好事,他一定是附近的居民,当初亲眼目睹过那场可怕的拆迁闹剧,或者他干脆就是那场拆迁的利害关系人。程为信不过他那副跟啤酒瓶底一样厚的眼镜镜片,眼镜背后的小眼睛不太信任地审视着周围的行人。据资料显示,他是一名机械工程师,社会科学里的事情他未必在行。

"侯先生,你现在所居住的房子是单位福利分房还是商品房?"程为决定问一个问题。

"以前是单位的房子,房改的时候付了一些钱! 现在哪来的福利分房,都是商品房!"

这样的回答验证了程为的猜想,从他的语气里可以判定,他对商品房没什么好感,他为早已到手的房产交付了现金,他不喜欢房地产开发商。

"刘先生你为什么要报名参加听证会呢?"乔良问 12 号。11 号刚才已经被程为剥夺代表资格了。

"这是法律赋予公民的权利,我愿意参与到与西海相关的各项公共事务中来!"刘民坤表情严肃地说,像是在耶稣面前宣誓。

在这 30 几个汉字组成的句子里,他提到了"公民"、"权利"和"公共事务",从这些字眼里可以看出他很专业。而他只不过是一位 65 岁的退休老头。他精神矍铄,白发不多,灰白色的头发围绕着耳际长了一圈,形成了一条与脸部皮肤的分界线。

程为更了解刘民坤,如果你稍微关注西海的听证会,这张面孔就不会显得陌生,刘民坤参加过西海市的水价听证、公交听证、出租车价格听证,他还参加过市政府的城市规划听证。刘民坤热衷于政治,他把参与听证当作一件参政议政的大事,他不太喜欢像其他老人一样去公园里舞剑、打太极,他每天收听广播,阅读报纸,关心国家的西部大开发,也关注南水北调。他还被《西海晚报》的记者采访过。

刘民坤正是一位"听证专业户"。程为的团队专门对他进行过评估,认为这个老年明星不会对同联公司构成威胁,从他以往发表的听证意见来看,刘民坤基本能与政府的基调保持一致,唱反调的时候偏少。对西海旧镇的开发就是政府倡导的项目,刘民坤的危险系数降低。

程为手上只剩下两次否决权了! 他可不想用在刘民坤身上。

乔良也没打算否掉刘民坤,《西海晚报》当初描写刘民坤的文章标题叫

《民意代表刘民坤》，他愿意相信一次刘民坤。

会议持续了一个小时便结束了，乔良和程为都用尽了各自手中的否决权，凭着各自不同的判断否掉了14名备选代表。会议结束的时候，孟皓然特意提到了"回避制度"，提醒听证双方的代理人有权根据法律在听证会举行之前对他，或者是书记员提出回避请求。孟皓然这话是说给乔良听的，他不相信乔良没听过那个传闻！

散场的时候，程为被一个女记者堵截住了，她是省报的记者夏雪。

"程先生你好，刚才我有注意到，20名备选代表中仅有的3名女性代表都是被你否决掉的，为什么？你有性别歧视吗？"夏雪挑衅地问道。

"我完全没有这个意思，是你太敏感了吧！在我家里由我母亲说了算，我一直都支持由她来当家！"程为想用一句玩笑来化解夏雪的较真。

"这是个严肃的问题，请你认真回答！"夏雪根本就不吃这一套，不依不饶地问道。

"那我请教你一个问题，如果我把3名女代表都保留下来，那我是不是就是女权主义者了呢？"

"我现在否掉了3名女代表你就说我有性别歧视，那你也可以说我是一名男同性恋！我觉得我的选择不存在你所说的逻辑。"程为继续反问夏雪。如果他能如此轻易地被夏雪问住，他就不是程为了！

"你这是在偷换概念，转移话题！"如果夏雪就此收兵，她就不是省报的当家花旦了。

"好吧，要是你对这个话题真的感兴趣，我们改天约时间单聊，你还有别的问题吗？"程为索性明目张胆地转移话题，换成很诚恳的语气说道。

"你怎么评价孟皓然主持的听证改革？"

"他做得很好！他是个资深法律专家。"

"西海有传言说你和孟皓然是中学同学，是真的吗？"

"是真的，对此我感到很荣幸。"

"孟皓然有可能回避吗?"

"这是对方代理人的事,他有权提出让孟皓然回避的要求。"

"你觉得孟皓然所制定的规则能防止舞弊吗? 能彻底改变听证会的形象吗?"

"你太悲观了,你别什么事都先往坏处想。"

夏雪紧跟在程为的屁股后面,不停地发问,不知不觉地就走到了酒店大门口。罗威开着车迎了上来,停在了程为的身边。程为拉开了车门,对身后紧追不放地夏雪说道:"要一起上车吗?"

夏雪还要赶回去采访孟皓然,这是早就约好的采访。就算没有这样的安排,她也没兴趣跟着这位擅长打太极的男人上车,她觉得程为完全可以胜任市政府新闻发言人这一角色。

乔良此刻也被记者黏住了,被问了一箩筐的问题。跟程为比较起来,乔良的嘴皮子功夫差了很多,他背课文似的回答着记者的提问,像在念稿子,语气也明显缺乏抑扬顿挫感,平淡无奇。这是他第一次面对记者,是个十足的菜鸟!

他还有些心不在焉,他心里想着孟皓然刚才提到的回避,很显然,这话是说给他听的,也是说给灯塔街 60 多户人家听的,他要么作出回应,要么就回去说服灯塔街的人,这件事不能再拖了,必须要有个明确的态度。他相信恩师高望厚的判断,他接下来要做的工作就是让灯塔街的人也相信高望厚的眼光,相信孟皓然的人品。

三

"Men and Women"是西海市一间很不起眼的酒吧,它比较偏僻,不太合群,没有选择与其他酒吧扎堆,平常客人也没有西海酒吧集中地——酒吧街那边多。

晚上 9 点多,程为出现在了这间酒吧里,他进门之时便环视了一下酒吧,

看看有没有熟悉的面孔,然后径直地走到了吧台处,挑了一把高脚椅子坐下,叫了一扎啤酒。酒吧里放着美国乡村音乐,声音不大,不算吵闹。

他在等人。准确地说,他在等乔良。

今天的事情让他感到很是意外,他觉得自己应该跟乔良谈谈,他按捺不住地打电话约了乔良。乔良也正有此意!

在短短的48小时里,程为就与乔良见了三次面,昨天早上在法典咖啡进行精神洗礼,惺惺相惜,今天上午在万龙大酒店剑拔弩张,现在他选择了这家僻静的酒吧。这次该谈些什么呢?

在明确了各自的身份之后,他们之间的见面就变得很不方便了,就算在公共厕所里偶然相遇都会有密谋的嫌疑。所以程为特意选择了这间生意冷清的酒吧。

乔良如约而至,他换掉了上午那身正式的衣服,穿了一件宽松的黑色Polo衫,进门的时候还神经兮兮地往身后看了看,像一名职业特工那样看看身后有没有尾巴。他心里也很清楚现在见程为很不方便。

他来到程为的身边坐下,要了一瓶百威啤酒。

酒吧里的电视机正在播放一场欧洲足球赛,他们迅速找到了闲扯的话题。他们俩现在都不想谈论听证会。

不出两分钟,他们便找到了共同点,他们都是意大利队的球迷,属于铁杆粉丝,他们喝着冰镇过的啤酒,兴致勃勃地聊着忧郁王子巴乔,说着金童皮耶罗。这些名字让他们俩感到轻松,比曹子鸣、刘民坤这些听证代表的名字痛快多了。

"我以前做律师的时候,打起官司来就有点像意大利队,遇强则强,遇弱则弱,很奇怪!"程为喝掉了一扎啤酒,又叫了一扎,喝了一大口说道。

"那你这次该弱了! 嘿嘿!"乔良说。

"为什么?"

"因为我弱啊,哈哈!"

"你别告诉我你也是遇强则强啊！那我就输定了。你变强了，我变弱了！"

"哈哈！说实话，你的出现让我万分意外，感觉是在拍电影。"

"像科幻片吧！"

"不是，像恐怖片！"

"你为什么接这个案子？我听说你为了接这个案子还费了很大的劲。为了代理费？"程为突然问道。

"灯塔街的人能给出什么好价钱！算是为了一个愿望吧，或者是理想！"

"理想？锄强扶弱，水泊梁山？"

"一句话说不清楚，以后再慢慢告诉你吧！你呢？"

"我要是说为了钱的话，是不是很俗？"

"很多钱吗？也是，魏大同他给得起价码。"乔良将瓶底的酒一饮而尽，把喝空了的酒瓶用力地放在吧台上。

"也算不上特别多吧！"

"你是不是很有把握赢？"乔良开始喝第二扎啤酒。

"我有信心赢。但这种事情跟打仗差不多，任何一个小因素都有可能影响整个战局的。"

"听起来有点像是在安慰我，哈哈！"

"嘿嘿，现在胜负未定，我哪有资格扮演强者安慰你！"程为举起手中的杯子与乔良干杯。

"你可是大律师啊，而我是小律师！"

"骂我是吧？我已经不是律师了啊，听证会这个案子上我可不是以律师身份接的，普通代理人，普通代理人！"

"有的案子不是靠辩论技巧的，事情本身的是非曲直过于清楚，这跟大律师还是小律师没有太大关系。"程为打了一个酒嗝，开始喝第三扎啤酒。

"又安慰我？哈哈！"

"哈哈哈哈!"

两人都开始大笑,把电视里的足球赛笑得一声哨响收了场。结果是零比零。

"法国队主场都被逼平了,真差劲!"乔良评论道。

"欧洲无弱旅,谁输给谁都很难说的,你以为是中韩对决啊,毫无悬念。我们恐韩,哈哈!"

"也是,我现在感觉有点'恐程',哈哈!回头听证会上场的时候我得喝点酒壮壮胆,像现在这样!"乔良说完仰起脖子喝了一大口。

"怕我干什么,我就是只纸老虎,是个流落西海的失败者。"

"你不喜欢西海吗?"

"谈不上喜欢还是不喜欢。西海的经济很发达,大都市里有的它几乎都有,但它毕竟是一座小城,我大学毕业之后先是在北京,后来去了同治,现在流落到了西海,照这个趋势下去,下一步我该进村了!你呢?"

"我没有你这样大的反差,我是同治人,目前还没听说过哪个同治人不习惯西海的。"

"你干吗不在同治发展呢,那里机会毕竟还是要多很多,跑到西海来做什么?"

"我有我的原因,回头跟你说!"

这天晚上,两个人都喝得烂醉如泥,还借着酒劲说了很多不着边际的话,程为问乔良为什么对他与孟皓然之间的微妙关系满不在乎,他甚至提议在自己与乔良两人中选择一个退出听证会,哪怕是抽签决定也行。

乔良的酒量要比程为好一些,但同样也喝得很迷糊,他主张在听证会上公平对决,生活中继续做朋友,将公私分开来看。

回到家的时候已经是凌晨两点,乔良躺在床上的时候才发现自己手机上有5个未接来电,打开一看全是孙研打来的。酒吧里的音乐声不算吵闹,他只是跟程为相谈甚欢,全然没有听到手机的铃声。

他拨通了孙研的电话,他脑袋犯着晕,哪顾得上现在是凌晨两点多。

孙研的声音是从睡梦中发出来的,接电话前她下意识地看了看窗外,又看了看床头的闹钟,她以为是自己睡过了头。

她告诉乔良,灯塔街的人今晚8点多的时候又在大樟树下面集合了,都盼着乔良的出现,足足等了他一个晚上。

乔良很是抱歉,说了一堆的对不起,酒也顿时醒了一半。孙研倒是善解人意,她说自己很理解乔良现在所面对的压力,喝酒可以减压,但千万不要喝得太多,什么事都没有身体重要。

孙研喜欢乔良,乔良是能感觉得到的。但他有女朋友,他很爱她,胜过了爱自己。

四

黄依一这些天一直觉得身后有一双眼睛在盯着她,有时候走在路上她都会特意地来一个猛回头,希望能逮住后面的那条尾巴,但一直没能成功。

自从家里来了没偷走任何东西的小偷之后,她的心里就变得紧张起来,因为这件事很难解释,透着怪异。每天晚上睡觉之前,黄依一都会像得了强迫症一样地去检查几次门窗,离家出门的时候还会从半道上折回来看看自己有没有锁好门。

现在她每天都疑神疑鬼,增加了吸烟量,变得喜欢热闹的聚会。朋友们都说她太敏感了,过于神经质,再这么下去最好去同治咨询一下心理医生。但她不觉得自己有病,特别是精神方面的病,除了有一点轻微的洁癖之外。再说了,她是位作家,神经质一点也是正常的,对于一位女诗人和散文家来说,敏感和脆弱都不算是什么大毛病,这些都是潜伏在她血液里的特质,当它们从笔尖流出来的时候便变成了优美的句子。

她没什么朋友,也没什么仇人,她没有结过婚,更谈不上有孩子。平常她都喜欢一个人呆在家里摆弄她那些收藏的字画,她喜欢这些从书房里生产出

来的艺术品。她还是西海市作家协会的副主席,西海市的政协委员,这些头衔都源于她在文化圈里的地位。她是当地的名人,全国各地都散落着她的忠实读者。

这段时间她几乎每天都要给街道派出所打一个电话,她想知道那个入室的盗贼究竟是谁,也许他根本就不是盗贼,哪有盗贼进了房间不偷东西的呢?那他到底想干什么?

警方说这是一个高明的入室者,除了几个带着干灰的脚印,其他什么线索都没有留下。他也不是西海市的惯偷,这些人一般都在警方的黑名单里,随便抓几个过来问问就清楚了。警方把这个入室者定性为流窜到西海的外地人,但是目前还搞不清他入室的动机。

这个结论让黄依一更是感到恐惧。这个结论也让西海市的惯偷们大为光火,竟然有异地同行不请自来,神鬼不知地踩进了自己的地盘,这是绝对不允许的,也不符合江湖规矩。他们想揪出这个人的心情比警方还要迫切。

孙大伟的心情现在也很迫切,他望眼欲穿地等待着一个来自上海的好消息,这个消息足以改变他的人生轨迹,让孙大伟这个名字可以倒着念成"伟大孙"。那天 Kevin 和 Stone 离开之后,孙大伟特意照着名片上的电话给上海梦幻国际打了一个电话,印证了这家国际画廊确实有这两位职员。他还登陆了梦幻国际的公司主页,从网站上获取到的信息来看,这是一家实力超强大的国际艺术品公司,曾在欧洲的巴黎、伦敦、罗马等多个城市成功运作过画展。

这些信息让孙大伟立刻放了一百二十个心,但他还是有些坐不住。机会往往是稍纵即逝,要想抓住它就得有所行动!他分别给 Kevin 和 Stone 写了一封情真意切的邮件,表达了一下自己的心情,如果时间允许的话,他还计划着亲自飞一趟上海。俗话说夜长就会梦多,问题是现在孙大伟没有梦,他有些睡不着。

孙大伟在灯塔街变得更加活跃了,他白天亢奋,晚上激动,像服了兴奋剂

一样。每次灯塔街商讨听证会的聚会他都参加,发言时振振有词,胸有成竹。他变得自信了,他感觉自己很快就要摆脱厄运,顺风顺水了,这样他就可以静下心来与魏大同优雅地对决,像两位古代绅士比剑一样。

"今天大家看电视没有,乔律师太紧张了,跟那个程为比起来,嫩多了啊!"孙大伟扯着嗓子说道。此时大家又聚集在了大樟树底下,跟前些天吃西瓜乘凉时的情景差不多,唯一不同的是今天乔良没有来。这个时候他正在那间叫做"Men and Women"的酒吧里与程为对饮啤酒。

"没有啊,我没看出来,听研子说我们今天挑选出来的代表不错呢!"人群中传来一个响亮的声音,大家循声看去,是一个中年妇女,怀里抱着一个孩子。

"就你眼睛贼,还能看出乔律师紧张不紧张来,要是把你搁那,保准你比谁都要紧张!"孙研瞪了孙大伟一眼,说道。她很讨厌孙大伟背着乔良说这些不着调的话。

"我说研子啊,你别总是护着乔律师啊,咱们才是一家人嘛!"孙大伟油腔滑调地说。

"我觉得市政府的那个孟皓然不错,我看他就是一黑脸包公,你看他给了我们灯塔街三个代表名额,报名的公众代表又像今天这样公平地选,我觉得我们赢定了!"孙树贵的老婆嘴里嗑着瓜子,一边吐着瓜子皮一边说道。她是小卖部的老板娘,总是有吃不完的零食。

"我觉得也是,我们现在铁定就有三票了,孙老师,老贵,还有艺术家,你们总不会把票投给魏忠贤吧?"刚才抱孩子的那个女人回应孙树贵的老婆道。气急败坏的时候,灯塔街的人都管魏大同叫魏忠贤。魏忠贤是公认的明朝大恶人,而且他还是个被阉割了的太监,这名字就算是微笑着说,照样解气。

"我说胖嫂,你这话听起来怎么就这么让人不舒服呢,我孙大伟是那种忘本的人吗?老贵你说说,胖嫂这话是不是很不中听!"

孙树贵嘴里叼着一支烟,嘿嘿地傻笑。孙仲山悠然地扇着扇子,似乎没

听到胖嫂和孙大伟的话。

"小乔怎么还不来呢,再听他说一说,咱心里就更有底了!"孙树贵老婆说道。

"我给他打了好几个电话了,都没接。应该是有事。"孙研说。

"大伙说说,咱要不要让孟皓然不主持这个听证会,听说我们可以要求他躲避!"一直不吭声的孙仲山说道。

"啥躲避啊,叫回避!老爷子你记错了!"孙大伟大笑着说。

"对对对,回避,回避!"孙仲山点着头说,他一脸的从容,倒没觉得尴尬。年纪大了,不知道什么是尴尬。

"我觉得不用,你看现在孟皓然干的事,都是偏向咱的!"孙树贵老婆说。她现在力挺孟皓然,特别是在孙树贵被推选为灯塔街代表之后。

"我看我们还是小心为妙,人心可隔着层肚皮那!"孙树贵公然跟老婆唱起了反调。

"上回乔大哥去同治市看望高望厚教授,我也跟着去了,高教授的意思也是留住孟皓然,说这个人人品可靠,值得信任。"乔良现在不在,作为他唯一的助理,孙研觉得自己很有义务站出来说服大家。

孙研此言一出,大樟树底下立马七嘴八舌地热闹起来,大家纷纷各抒己见。大多数人的意见还是赞成高望厚的判断,比当初刚刚听到孟皓然与程为是中学同学这一消息时理性多了。在场有 2/3 的人认为这件事应该由乔良来最终定夺。

"艺术家,前几天看见你家门口停了一辆小轿车,是你们家什么亲戚啊,够有钱的啊!"胖嫂问孙大伟。这种街道乘凉会议没有什么严谨的程序,大多时候就是聊天闲扯,正事和闲事往往掺杂在一起,想起哪出就是哪出。

第六章

一

程为办公室墙上的照片被撤下来许多,现在只剩下 11 张照片,包括 6 名已经确定的公众代表,两名政府指定代表和灯塔街的孙树贵、孙大伟、孙仲山。

这 11 个人对程为很重要,按照他与魏大同之间的约定,这 11 个人要是全部投票支持灯塔街的强制拆迁的话,他可以获得 150 万元的额外奖励。至少他得赢得 6 票,否则他连基本的合同约定服务费都拿不到。

程为手里捏着一只红色的飞镖,眼睛盯着这面墙,踱着方步在房间里走来走去,就是不肯坐下。他已经这样持续了 20 来分钟了。墙上的飞镖练习靶上已经钉上了好几支飞镖,成绩不是很理想,只中了一个九环,其他的都是七环和八环。

他刚才从西海野生动物园回来，专门去鳄鱼池边上呆了一个小时。鳄鱼池的饲养员喜欢给凶猛的鳄鱼喂食一些活物，程为一旦闲下来就会去看鳄鱼们捕杀活物，特别是在他心绪不定、犹豫不决的时候。

乔良的出现让程为感到烦躁，他并不惧怕这位学生模样的年轻人，只是他内心的柔软之处无意中被乔良触摸到了，还被使劲地捏了一下。这让程为心里很不安，他需要恢复惯有的斗志，他需要血腥的刺激。鳄鱼才是最好的老师。

他掷出了手中的飞镖，直中靶心。这一镖他足足酝酿了20分钟。他打开了房门，把周敏慧叫了进来。

"论文的事怎么样了，有突破口吗？"程为终于坐了下来，冲着刚刚进门的周敏慧问道。

"有些收获，但目前还无法下定论！"

"怎么说？"

"我们对袁国平的论文一一作了分析，在国内同行的论文里没有发现问题，后来我们根据论文主题分别参考了国外的一些学术论文，还是找到了一些痕迹。"

"哦？算得上抄袭吗？"

"这个我还得请教一下著作权方面的专家，袁国平有三篇论文都大段大段地直接翻译了英文版的论文内容，你看看这段。"周敏慧拿出一份她在西海科技大学图书馆里复印的论文资料，摊在程为的办公桌上，用手指着论文纸说。"就这段，大概有500多字，它的语言风格有些西化，有很重的翻译痕迹，作者没有进行过深加工处理。"

"还有这几段，他的主要观点来自美国麻省理工大学乔治教授1999年的一篇论文，我们已经查到了这篇论文原著，打印出来了。"

"干得不错！赶紧叫知识产权专家鉴别一下，这究竟算是学术引用，还是算抄袭！"

程为抬起头上再次看了看那面照片墙,眼睛停留在一张西装革履的男人照片上,这个男人一脸的精神,意气风发。照片的场景是在一次公开论坛上的发言,他双手扶着放着麦克风的讲台上,身子略弯,嘴巴微张。他就是袁国平,西海科技大学最年轻的副教授,现年只有 33 岁。

"袁国平这个人虽然很年轻,但很老练,我们调查他这么久都没能有大进展,现在只能依靠他这些论文了,我觉得只要有抄袭嫌疑就足够了,不需要定论!"程为进一步指示道。

"罗威那小子前几天不是神秘兮兮地弄回来一个硬盘吗,里面有有用的东西吗?"程为问道。

"当然有啦,还有好多猛料呢。你不知道现在有三大敏感盘啊,盘盘能牵动所有人的神经。"

"哪三大盘啊,我没听说过!"

"开发商的楼盘,股市的大盘,私人电脑的硬盘,每一个盘都能要人命呢!"

"哈哈哈哈! 精辟,太精辟了,你说这都是谁给总结的啊,太有才了!"

"不知道,我在网上论坛里看到的,现在的聪明人都在网上,真的是一网打尽了!"

"一网打尽好啊,我们这次也必须做到一网打尽!"程为往背椅上一靠,把头仰了起来,很有感触地说道。

"对了,同联地产那边配合我们的事,罗威说已经跟那边协调好了,没有问题!"

"什么配合,我给搞忘了哈!"

"就是同联新城建成之后,步行街商铺出租的事情!"

"哦,对对对! 记起来了,灯塔街开小卖部的孙树贵! 这个事我觉得最好是跟他老婆沟通,在家里面,老公一般就是挣钱的普通员工角色,老婆才是制定家庭战略的管理人。要跟她讲同联新城未来在西海的重要地位,那时候步

第六章
079

行街每一间商铺可以说都是旺铺,重点要说说减免租金的优惠条件,开出的条件一定要打动人心。"

"要不要我去跟孙树贵老婆谈?"

"你去不合适,同性相斥,这事叫秦宝全去吧,他对付中年妇女很有一套!你这两天重点搞定袁国平论文的事吧,我们没多少时间了,分头行动吧!"

"没别的事了吧,你叫秦宝全来一下!"程为心里又想起了一事,对周敏慧吩咐道。

周敏慧起身收拾好桌面上的论文资料,离开了程为的屋子,离开之前她还特意关切地说程为的脸色看起来不太好,要多注意休息。两分钟过后,秦宝全晃晃悠悠地走了进来。

"这几天在政府那边打听到什么消息没有?"程为此时已起身离开了那张舒适的老板椅,坐到了会客的沙发上,等秦宝全在一旁坐下之后,程为发问道。

"我听说孟德斯鸠会对代表们进行封闭式管理!"

"封闭? 怎么封闭? 他孟德斯鸠不是最讲公开透明的吗? 这不像是他的风格啊!"

"不是这个意思,他好像计划在听证会开始之后,代表们就不许回家了,就地住在万龙大酒店里,等听证会结束之后才能离开,期间不允许听证双方的任何人见代表。"秦宝全用自带的茶杯喝了一口苦丁茶,咂巴了一下嘴巴说。

"听证会一般不就半天就搞定了嘛,还用得着住宿吗?"

"不清楚啊,但我这消息肯定是可靠的,是很靠得住的人传出的话!"

"不管他孟德斯鸠怎么玩花招,我们的工作必须得在听证开始前做完,这样才能确保万无一失。"

"是啊,我们现在可只有 5 天时间了! 听罗威说,黄依一和袁国平基本能搞定了,灯塔街那个孙大伟也上钩了,对付孙树贵的方案我们也定制好了,我

们现在可还差 7 个代表没有摸底。"

"剩下的 7 个代表罗威那已经开始工作了,不用太担心。对了,我找你来主要是想跟你说件事,这个黄依一可是西海的政协委员,袁国平是市人大代表,我们在他们俩头上动土,会不会有风险?不会留下什么隐患吧?"

"这个你放心,我已经评估过了。黄依一那关系到个人隐私,相信她不会声张的,袁国平那,要是我们确实找到他论文抄袭的证据,相信他更不会站出来辩解,这几年在学术腐败问题上倒下的知名教授还少啊,他现在可正是事业上升期,不会节外生枝,给自己抹黑的。"

"嗯,还是谨慎些吧,这两个人可是孟皓然扔给我们的两根硬骨头啊,啃得不好,牙都会被崩掉。他们可是西海名流啊!"程为的心里还是不太踏实,眉宇间流露出担忧来。

二

上海梦幻国际画廊的 Kevin 又来西海了。他来得比想象中要快,至少在孙大伟的意料之外。

他给孙大伟打了一个电话,约了在一间茶楼的包间里见面。孙大伟欣喜若狂,他特意洗了个澡,修刮了一下凌乱的胡子,换了身干净的衣服前往,临行前他还挑选了几幅这些天新创作的山水画,小心翼翼地拎在手中。

孙大伟没有骑他那辆破旧不堪的自行车,他怕自己在半路上就被太阳烤化了,一身臭汗地出现在 Kevin 面前。他招手打了一辆出租车,出租车的车窗紧闭,车内冷气打得很足,孙大伟背靠在座位上,看着玻璃车窗外的滚滚热浪,他感到很惬意。不一会儿,车里就弥漫着他身上浓浓的香皂味道。

Kevin 这次是一个人过来的,穿着也比上次随意了许多,他已经坐在茶馆二楼的一个包间里,全身半躺在一张竹藤椅上安静地等待着孙大伟。他的脸色阴沉,缺乏笑容,少了上次的那种意气风发。这对孙大伟来说不是个好信号。

孙大伟进门的时候,Kevin没有起身,像是屁股粘在了椅子上一样一动不动,他用上嘴皮和下嘴皮轻微地碰了一下,蹦出两个字来:"坐吧!"

孙大伟希望Kevin能跟上次一样,用力地拍着自己的肩膀,跟自己热烈地谈论佛罗伦萨,而不是像现在这样,像一具僵尸。他现在变得神经敏感多了,夜长梦多的日子他已经受够了,他想尽快结束这种前途未卜的日子。

"怎么啦,不舒服?不太适应西海的天气吧,真是太热了!"孙大伟更愿意相信面前这个无精打采的男人是被太阳烤蔫的。

"没错,这西海简直就是座火炉,比武汉、重庆厉害多了!"

孙大伟心情顿时好了许多,看来对方情绪低落确实是被这酷热闹的,是自己草木皆兵,想多了。

"我给你带了几幅新作的画,上回您带回上海的画,专家们评价怎么样?"孙大伟把手中提溜着的画递给Kevin,直奔主题地问道。他太想知道结果了!

"还不错!但出了点问题!"Kevin接过孙大伟的画,随手放在了一边,终于坐正了身子,说道。

"什么问题?很严重吗?"孙大伟的心脏快速地上升,顷刻间便到了嗓子眼。

"专家评审上问题倒是不大,是股东意见出现了很大分歧。"

"股东意见?这种艺术鉴赏的事,由股东说了算吗?"

"我们这次在佛罗伦萨搞画展毕竟还是属于商业展出,当然得考虑股东们的意见了,他们是艺术品投资商人,都很在行的!"

"你们股东不喜欢我的画?"

"也就一个股东特别反对,他好像很排斥你,刻意刁难,不知道为什么。"

"他不喜欢我的画?"

"我感觉也不是,说句实话吧,你的画很不错,专家评审那边一致认可的。"

"那是为什么呢,专门与我作对?"

"好像有这个意思,他好像很反感你。"

"我都被你弄糊涂了,我根本不认识什么艺术品投资商人,更不认识你们公司的股东啊,我在上海就没几个我认识的人!"

"这个股东不在上海,在你们西海!"

"谁啊?"

"魏大同,你应该知道他吧!"

"太知道了,真是冤家路窄啊!不过这事也太巧了吧?"孙大伟的话越说越小声,后边的那句只有自己才能听见。他脑子里迅速闪过一个念头,觉得这可能是个圈套,这世上哪有这么凑巧的事情呢?这西海同联地产的魏大同竟然是上海梦幻国际画廊的股东,这事邪乎!

"你跟魏总有私怨?这不可能啊!你们俩可是八竿子打不着的人啊。"

"怎么不可能,他要拆我家的房子,我反对强制拆迁,是他的眼中钉,肉中刺。"

"哦,我记起来了,上次去你家的时候,你说起过拆迁的事。如果真是因为这件事的话,你听我老弟一句劝,冤家宜结不宜解,依我看啊,你那房子迟早是要被拆掉的,犯不着在这件事上较劲。"

"你上次说有人向你们推荐了我的画,你们才找到西海来的,是谁啊?"孙大伟听着Kevin的劝说,心里更是怀疑这是个事先设计好的陷阱了。

"薛暮秋,你们西海艺术学院的院长,他是我们这次画展的评审委员之一。"

"哦!薛院长跟我的老师以前是美院的同学,他怎么没跟我打声招呼呢!"孙大伟半信半疑地说。不过这件事很容易搞清楚,回头打个电话就可以了。

"那这次画展我是彻底没希望了吧,魏大同不会点头的。"孙大伟情绪低落地问。

"也不一定吧,事在人为嘛,上午我还去了趟同联公司,就评审委员会的

意见与魏大同沟通过。"Kevin 给孙大伟的茶杯里倒满了茶,面带着微笑劝说道。

"怎么样? 没戏吧!"

"这老头子很偪,不太通人情,说实话我不太喜欢他这种人,这事情都是一码归一码的,他完全把选拔中青年画家的事与他那庸俗的拆迁搞混了!"

"他真的是你们的股东?"

"这还能有假吗? 他是去年年底入股我们画廊的,现在的有钱人不都附庸风雅嘛,再说了,这艺术品产业也是个赚钱的行当。"

"我上过你们公司的网站,股东介绍里没有魏大同啊!"

"他是去年年底入股的嘛,网站还没来得及更新呢,现在为了画展的事,公司里乱糟糟的!"

"这次你们要挑选多少画家去意大利办画展啊?"

"全国范围内筛选出 15 名中青年画家,这可是个很难得的机会啊! 我们已经策划了一批国内外的收藏家,画展结束的时候会有一个拍卖环节,他们会出高价收藏这些展出的画,经过佛罗伦萨的拍卖,我相信将来这 15 名画家的作品的市价可就高多了。"

"孙老师你放心吧,我这次来西海就是专程与魏大同沟通的,我会尽力为你争取的,我们不会因为魏大同的私利而轻易否决掉一名潜力画家的,说到底我们可是文化商人,不是房地产商。"Kevin 真诚地向孙大伟表态。

"就是啊,那房子怎么能跟艺术品相提并论呢!"孙大伟尽力说服自己相信 Kevin 的真诚。至少 Kevin 看起来仪表堂堂,温文尔雅,不像个唯利是图的商人,更不像可恶的魏大同。

"不过凡事都还得互相通融通融,你们俩要是都偪的话,我这协调工作可就不好做了,该让步的时候就彼此都让一步,退一步海阔天空嘛! 我会尽力说服魏大同让步的,他现在这么做简直是有辱斯文,太不像话了!"

"没事,我倒是挺理解他的,无论怎么说我得感谢你! 大老远地跑到我们

这个鬼地方来,呆在上海的办公室里多舒服啊!"

"孙老师你这是说哪里话,这可是我的工作,我的分内工作就是替公司物色优秀的画家。这个魏大同啊,真不知道该说他什么好,简直是利欲熏心了,做事怎么可以这样不择手段呢?"

"没什么大惊小怪的,他一直就这样。"

"上午我去跟他沟通的时候,他竟然说只要你孙大伟不为难他,他魏大同就决不会为难你,你说这种事情怎么能够做交换条件呢?太不可思议了!"

"商人嘛,永远都是在讲交换的,这个我明白的,这事真是为难你了!"

"没事,通过你这件事我倒是看明白了很多事情,大不了就不干了,我早就干腻味了,没劲透了,老是碰到些斯文扫地的事,唉!"

三

夏雪进门后随意地蹬掉了凉鞋,光着脚丫子在房间里走来走去地找冰水喝。她刚刚在西海市中心的商业区转了一圈,她只是漫无目的地闲逛,两手空空,没有买东西,西海市的物价并不比省城便宜多少,衣服也没什么新鲜的花样,她觉得实在没必要在西海这个地方购物。

她这次是专程来西海报道听证会改革的,省报给了她一周的时间,她没有必要在省城与西海两地之间来回地跑,她在万龙大酒店里要了一个小单间住了下来,她需要用闲逛来打发这一周的时间,明天她还计划去一趟同治市。

她从冰箱里取出一瓶矿泉水,拧开盖子后仰着脖子便一口气灌下去半瓶水,接着手里拿着水瓶子走到临街的窗户旁边看了看街道上的行人,心里想着中午一个人该吃点什么好。

挎包里的手机响了,她环视着房间寻找刚刚随意扔下的包,包被扔在了门口的地板上。她慢悠悠地掏出手机,按下了接听键。

电话里传来的声音很是吵闹,她喂喂地喊了两声,对方没有吭声回应。

她又仰起脑袋喝了几口矿泉水,等着对方开口说话。她的手机号码一直

是对任何人公开的,作为一名日报的记者,她需要一切有价值的新闻线索,她曾接听过无数莫名其妙的电话,有的人打电话进来并不是要提供什么线索,只是想给她说几句话,或者干脆就是挑衅性的骚扰电话,对于这些她早就习以为常了。

"你是省报的记者夏雪吗?"对方终于说话了,是个女人! 声音很是轻柔,像夏日里的一阵凉风。

"是的,是我,有什么事吗?"

"你现在还在西海吗?"

"在! 你有什么事?"

"同联地产公司的人正在想方设法地与听证代表们私下接触,这个信息也许对你有用。"

"你是谁? 你现在在哪里?"夏雪把矿泉水瓶子放到了桌子上,大步走到床头柜上拿起了便笺纸和铅笔。

"我是谁并不重要,我只是一名关注本次听证会的西海市民。"

"你手里有什么证据吗?"

"没有! 找证据是你的事!"对方的声音不再轻柔,突然变得大声起来。

"那你知道他们都跟谁有接触吗?"

"灯塔街的孙大伟!"

"还有其他人吗?"

"我觉得他们应该会在听证会举行前接触所有的代表,私下达成某种协议,你难道不这样认为吗?"

"嗯,是有这种可能! 但我需要证据,我不能只凭你的一个电话就报道这件事情。"

"你们记者应该擅长这个事。"

"不对啊,据我所知,孙大伟是被拆迁方的人,同联公司接触他有什么用,用钱收买他?"

"夏记者,我相信这个世界上还有比金钱更厉害的东西,你说呢?"

"你还知道些什么,我们能见面聊聊吗?我不会出卖你的,保证你的安全!"

"不能,有新的情况我会给你打电话的!"

电话被挂断了,传来嘟嘟的声音。夏雪把手机扔到了床上,便签纸上用铅笔写了三个字:孙大伟。她还给这三个大字画了一个圈,后面加了一个感叹号和一个问号。

几分钟之后,她回拨了刚才的那个电话,无人接听。

她匆匆地下了楼,就近找了一家麦当劳餐厅,买了一个汉堡、一杯橙汁和一包薯条。现在她已没有心思来思考中午吃什么,刚才的匿名电话让她有事干了!

简单地用餐之后,她叫了一辆出租车,直奔西海市电话局。

在出示了记者证之后,电话局一名中年男性工作人员很热情地接待了夏雪,在电脑系统里为她查询到了那个电话号码。

半个小时之后,夏雪来到了那部电话机安装的地点。这是一部 IC 卡公用电话,就在她上午闲逛过的闹市区里,公用电话机在广场的路边,紧挨着一处喷泉。喷泉的存在使得这个广场很凉爽,周围是来来往往的人流。她明白了刚才电话的那一端为什么那么喧闹。

她为什么知道同联公司在私下与听证代表接触?她为什么不肯在家里或办公室打这个电话?她为什么不肯与自己见面?这条线索她还跟谁提起过?她究竟是谁?夏雪在冷饮店里买了一个圆筒冰激凌,在一把离喷泉很近的长椅上找了个位置坐下,脑子里蹦出一连串的问题。

喷泉溅起的水沫飘洒在夏雪的脸上,这让她感到特别的舒服,但她现在无心享受这样的凉爽,她得干点什么,她想去会一会孙大伟。

她起身离开舒适的长椅,离开喧嚣的商业区,跳上了一辆停在路边的出租车。

灯塔街离西海市中心并不远，如果不是因为这炎热的天气，她完全可以步行过去。几分钟之后，夏雪便出现在了灯塔街冷清的街道上。

灯塔街上的行人和街道两侧房子里的商户都在对夏雪行注目礼。夏雪的个子挺高，一米六五的女人身段就算是站在一米七的男人身边，也会在视觉上高出半个头来。夏雪长了一副端正的面孔，五官精致，皮肤白皙，她留了一头披肩的长发，穿着一身这个夏天省城十分流行的时装，走在这破旧的街上格外引人注目。

在灯塔街找孙大伟并不难，她只问了一名在自家门口洗菜的中年妇女就得到了最为精准的答案。夏雪在那棵大樟树底下稍作停留，还掏出包里的小数码相机给这棵大树拍了几张照片。她喜欢这棵大樟树。

夏雪敲门的时候，孙大伟正躺在家里的竹质长椅上睡午觉，孙大伟家的大门半开着，在半天没有得到回应之后，夏雪推门而入。

她东张西望地穿过了院子，一会儿就来到了堂屋的正门，门是大打开的，通过门框往里望去，孙大伟酣睡在竹子椅上，打着呼噜。

夏雪故意弄出一些响动来，仍没有吵醒孙大伟，她站在门口，不得不再次敲门。

孙大伟半睁开的眼睛看到了一位长发美女，他以为自己是在做梦。与Kevin第二次见面之后他的心情被降至低谷，他深感自己正走着背字运，祖上留给他的老房子眼看着就要被拆掉了，让他重新看到希望的佛罗伦萨之旅又毁在了魏大同的手里，他整天打不起精神来，却没想到睡个午觉还能做到这样的美梦。

孙大伟咂巴了一下嘴唇，醒了。他的耳朵听到一个声音在说"你好"，而且声音越来越大。他猛睁开了眼睛，一眼便看到了夏雪，美梦成真了！

他心头一个激灵，站了起来，眼巴巴地看着面前的不速之客，半天才挤出两个字来："你是？"

"实在不好意思，打扰你午休了！我是省报的记者夏雪。"夏雪冲着孙大

伟微微地弯了下腰,点了点头,没等孙大伟发出邀请就抬腿跨过了门槛。

"你好!你好!坐!坐!"孙大伟开始满屋子找椅子。房间里摆放着很多凳子,他在寻找一把看上去稍微干净一点的椅子。

"实在是不好意思,不好意思!"夏雪随手放下了肩上的挎包,嘴里不停地表示抱歉。

"没事,没事,你可是省城来的贵客,请都请不来的!"他终于找到了一把椅子,就近找了块破布擦了擦。

"我给你倒杯水吧!对了,你找我什么事?"夏雪坐下之后,孙大伟一边找杯子一边问道。

"不用了,你坐吧,我有水!"夏雪从包里取出一瓶喝剩下的矿泉水,说道。

"不好意思,屋里太乱了,找什么东西都跟捉迷藏似的,见笑了!"

"家里乱点有什么关系,又不是住宾馆,我家里比你这还要乱呢!"夏雪感觉到了孙大伟的紧张,套近乎地说。

"你真高,有一米七吧!"孙大伟没话找话。

夏雪笑而不答,环顾了一下四周,看了看墙上的画,为了表示自己欣赏这些画,她起身站了起来,走近这些作品,一一欣赏起来。

"都是你画的?"在来之前她就知道孙大伟是一名画家,但她仍故作惊讶地问道。

四

孟皓然此时正在办公室里走来走去,他从办公桌前走到临街窗户边,又走到沙发处,如此循环往复地在房间里绕着圈圈。

中午的时候他也接到了一个匿名电话,举报同联公司私下在听证代表中频繁活动。这个神秘的电话让他心焦,甚至愤怒。他刚刚跟同联公司的魏大同通了一个电话,义正词严地表明了态度:一旦发现营私舞弊行为,将会采取严厉措施,包括取消某些私下达成妥协的代表的听证资格。他还给乔良打了

个类似的电话,警告说不要尝试玩一些小动作。孟皓然没有给程为打这个电话,他相信魏大同会在挂掉电话之后迅速拨通程为的电话。

孟皓然猜得一点都没错!魏大同不但把这个信息传递给了程为,还在电话里发了火。关于这个问题,他跟程为是有言在先的,最基本的原则就是无论程为怎么去赢这场听证会,都不得给同联公司泼脏水,更不能让魏大同来擦屁股,收拾残局。而现在,孟皓然的训斥电话竟然打到自己这里来了,他现在比任何时候都要在乎自己的脸面,他警告程为说自己不希望再接到这样的电话。

魏大同的电话让程为大受刺激,他自以为所有的工作都是在隐蔽战线上完成的,一切都是神不知鬼不觉的,究竟是哪里走漏了风声呢?他像孟皓然一样在屋子里转悠了半天,还把罗威、周敏慧、秦宝全三人叫了进来,询问哪个环节做得还不够周密,出了这么大的差错。难道这世间还真没有不透风的墙?即便是瞒过了天下人,还是瞒不过鬼神。

罗威甚至觉得孟皓然一定是为了听证会的事情专门安排了特务组织,要不然他绝不可能这么快就能嗅到味道,并如此张牙舞爪地打训斥电话。

这件事里唯一处乱不惊的是乔良,他是最先接到那个神秘电话的,打电话的女人提醒他一定得想到周全之策来应对对手的伎俩。乔良太了解魏大同了,同联公司就算现在暗杀掉一个对他不利的听证代表,乔良都不会觉得惊奇。这些天他一直在寻找对付同联公司的良策,已经潜心书写了上万字的听证会发言稿,只是目前还没有找到最为满意的攻击点。

夏雪和孙大伟已经聊了半小时的画,好像夏雪这次专程拜访,就是慕名来探讨绘画艺术似的。孙大伟倒是乐于奉陪,跟夏雪这样的美人儿聊天,话题已经不重要了,随便聊什么都足以让人心潮澎湃。而此刻他们正在聊孙大伟擅长的绘画,更是撞到枪口上了。

孙大伟的聊天大体可以归纳成"对现代绘画艺术的批判",短短的半个小时里,他骂了很多绘画大师,远在国外的艺术家都未能幸免。夏雪并不懂画,

她只是个看客,她眼睛眨巴眨巴地望着这位愤怒的中年艺术男,倾听着他满腹的牢骚。

这是一个怀才不遇的故事,也是一个英雄无用武之地的故事,她看不懂孙大伟的画,但却能看懂他郁郁不得志的心。

"对了,夏记者你找我有什么事吧,你应该不会是来听我骂人的吧!"孙大伟终于打住了对艺术家的批判。

"哦,没什么大事,你说得很有意思啊!"

"我是不是太激动了?"

"你们搞创作的人就是需要有这种激情嘛!很多行业的人到了你这个年纪早就被打磨得没有棱角了,我觉得你这样挺好的!"夏雪恭维道。

孙大伟很是受用,笑得眯起了眼,左右手一齐开工在大裤衩的两边兜里摸索,不一会儿就掏出一盒香烟来。

"你不介意我抽烟吧?"孙大伟掏出一支香烟,用三根手指头捏着香烟在烟盒上敲打着,把露出来的烟丝敲打平整了些。

"没事,抽吧,我们编辑部每天都是烟雾熏天的,我早就免疫了!同联地产公司那边这些天有人找过你吗?"

"没有啊!以前倒是老找我,我们灯塔街的每户人他们都找过。"孙大伟点着了烟,惬意地跷起了二郎腿。

"你好好想想,这几天你在什么地方见过他们没有?"

"没有!我跟他们没什么共同语言,找了也是白找!"

"那这些天你都跟哪些人接触过,聊过天呢,能方便说说吗?"

"这有什么不方便的,我每天都跟灯塔街的人聊天,一起讨伐魏大同,嘿嘿!"

"除了灯塔街的人,还跟哪些人有过接触呢?"

"夏记者你问这个干什么,这算不算是采访呢?我还没被记者采访过呢!"

"算啊，我就是找你来了解一些情况的。"

"那我说的话会被写到你的新闻报道里去了？你怎么没有录音机呢，我看电视里的记者采访时都会录音的！"孙大伟希望人生的第一次被采访要搞得正式一些。

"不用那么正式，就是找你简单聊聊天，你看我们现在聊天的气氛多好，开了录音机气氛就不一样了！"

"我见过谁也算是新闻？"孙大伟突然一下子对新闻工作产生了浓厚的兴趣。刚才这个女记者饶有兴趣地跟自己聊了半小时的绘画，那么他也可以再跟她聊一聊新闻。孙大伟心里是这么想的。

"当然算了，西海市灯塔街的强制拆迁听证会现在是省内的大新闻，你是听证会代表，又是灯塔街被拆迁方的代表，你应该算是个新闻人物了！"夏雪用认真的语气说。从聊天中夏雪了解到，眼前这位落魄的画家其实是一个很简单的人，没什么心计和城府。她喜欢跟这样的人聊天。

"我是新闻人物？谢谢你啊，夏记者！"孙大伟觉得新闻人物这个头衔是夏雪刚刚授予他的，他必须说一声谢谢。

"你再想想！这些天有没有见过其他人。"夏雪把被孙大伟带偏的话题找了回来，她极有耐心地对眼前这位蓬头垢面、不修边幅、穿着跨栏背心和大裤衩、脚上穿着拖鞋的新闻人物说。

上海梦幻国家画廊的 Kevin 和 Stone 此时撞进了孙大伟的脑海，他张开了嘴巴，又迅速地合上了嘴唇，欲言又止。

对于参加佛罗伦萨国际画展和与魏大同合作这两件事情上，孙大伟的脑子很乱，他难以取舍，不知道该如何选择。佛罗伦萨曾热情地向自己招过一次手，而现在它又把手放进裤兜里，板起了面孔。不过按照 Kevin 所传递过来的信息，他完全有能力让佛罗伦萨再次向自己微笑着招手，前提就是跟魏大同合作。说句实话，这件事并不难办，只是难在作这个决定，绘画毕竟是他的事业，他的心在动摇，在摇摆，他觉得暂时最好不要说出这件事情来，否则

就没有一点回旋的余地了,坐在对面的漂亮女人可是一名地地道道的记者,孙大伟知道后果。

内心备受煎熬的"新闻人物"再次张开了嘴,吐出了四个清晰的字:"真的没有!"

夏雪的脸上露出了失望,但这种失望只停留了几秒钟,也许是那个打匿名电话的人在撒谎,在造谣生事,她对自己说道。这种事情以前她也碰到过,不算稀奇。

"好吧,你要是想起什么来就给我打电话吧!"夏雪站起来掏出一张名片递给了孙大伟,算是要道别。

出门的时候,孙大伟挑了一幅画着荷花的作品送给了夏雪,说画的意境跟人很是相配,夏雪天生应该就是这幅画的主人。

夏雪客气了半天还是没能拒绝掉孙大伟的盛情,只好连声说着感谢,收下了荷花图。

孙大伟经常给那些跟自己聊得投缘的人送画,他一点都不吝啬自己的画,反正现在它们也不值钱,也许未来会身价暴涨,这恐怕要等到孙大伟从佛罗伦萨归来之后。

第七章

一

西海终于下雨了，没有任何征兆，西海人早上起床推开窗户的时候意外地发现了这场久违的雨，牛毛般的细雨滋润着这座饥渴的城市，整个西海像欢度节日般喜庆。当天，西海电视台的午间新闻用欢快的语气报道着这场小雨，足足播报了两分钟。下雨，对这座炙热的城市来说绝对是一条大新闻。

魏大同站在窗前，他凝望着前方，脸部的肌肉紧缩，额上的青筋暴露，眼睛里能喷出火来。在下雨的西海，魏大同是唯一不快乐的人。

他是早上 10 点钟来到办公室的，连屁股还没有坐稳，秘书就送进来一个牛皮纸邮包，信封上没有书写寄信人的地址，他用手拿起了信封，感觉很厚，很沉。

信封里装了大量的照片，有 20 多张，魏大同把照片平摊在宽大的桌面

上，一张张地浏览，太阳穴发出嗡嗡的声音，他感到一阵眩晕，一股强烈的怒火在心里翻涌着，怎么压都压不住。

所有的照片里都有程为，程为的身边还有一位年轻的小伙子，他们在玻璃橱窗的后面相谈甚欢，桌上还摆放着一个厚厚的牛皮信封，以信封的包装样式和厚度，里面八成是一沓子钞票。照片的另一个场景是在一间不太明亮的酒吧里，照片上的程为一只手搭在小伙子的肩膀上，另一只手拿着扎啤杯与对方畅饮。

魏大同认识照片里的年轻人，他在万龙大酒店的监控器屏幕上见过这副俊朗的面孔，他叫乔良，这个人正带领着灯塔街那班讨厌的顽固分子与同联公司作斗争。他当然也认识程为，这是一个他十分信任并器重的能人，他把听证会获胜的全部希望都押在了这个人身上！

照片上的确是程为和乔良，有十多张照片拍摄于他们在西海第一次见面时的法典咖啡馆，桌面上信封里装的确实是现金，那是乔良要归还给程为的旧账。另外的十几张照片拍摄于那间叫做"Men and Women"的酒吧。

魏大同气急败坏地撕碎了几张照片，将废纸屑撒落在办公桌下的红色地毯上，再次进屋给他泡茶的女秘书见此情景，吓得是气也不敢出，她把茶杯小心翼翼地放在茶几上，一句话也没敢多说，一溜烟地离开了。

魏大同在窗前站了10分钟左右的时间，稍稍缓和了一下情绪，他回到茶几处端起茶杯喝了一小口之后又把刚才溜掉的女秘书叫了进来，大声训斥了一顿，原因是茶叶搁得太多了。女秘书一直低着头，一声不吭地用眼睛死死地盯着地板，她刚刚亲眼目睹过魏大同那张暴怒的脸，感觉到这间屋子里即将会有一阵狂风暴雨，和窗外的和风细雨相比起来可是差远了。

魏大同借题发挥地发完了脾气，吩咐女秘书去把徐广利叫来，现在他需要找一个人来商量一下，在认识程为之前，碰到这种事情的时候他总是能第一个想到徐广利，现在看来，程为这位能人恐怕是有点靠不住了。他需要徐广利！

"我早就说过,这个人油嘴滑舌的,靠不住!"徐广利以最快的速度赶了过来,他看了看桌子上的照片,没等魏大同开口,就明白了所发生的一切。

"接下来该怎么办?换掉他?"魏大同深陷在沙发里,无精打采地问徐广利。

"这还用说吗?解除合同,扫地出门!"徐广利言语激动,脸都快涨红了。

"但是他们已经为听证会做了很多准备,如此一来不就前功尽弃了!"

"准备?是为我们做准备还是为灯塔街的刁民做准备,我看都很难说!"

"时间上也很紧张了,没几天了,我们临阵换帅可是兵家大忌啊。"

"这种事还是当断则断的好,要是我们在养虎为患呢?岂不是搬起石头砸自己的脚嘛!"

"动机!你说他这是什么动机?我跟他素无冤仇,这些年我待他也不薄,再说本次合作的费用也不少啊。这里面会不会有什么误会呢?"魏大同心里有点想不通,他不相信程为会出卖自己。

"谁知道呢!人心隔肚皮,很多事说不清楚的,我的意见还是宁可信其有,唯有小心才能行得万年船。"

"你说这件事我要不要当面问问他,万一另有隐情呢,或者是什么狗屁离间计,我们可就彻底输了!"

"这事还用问吗,明摆着的事!你看这张照片,他们的手都接触到了这个信封,从方向上看,就是乔良推给程为的,一看就是在送钱嘛!"徐广利手里高举着照片,将照片的正面冲向魏大同,用手指点着说。

"是啊,刚才我一看到这张照片就火了,但我又想了想,你说这小信封里能装多少钱啊,跟我给他的服务费比起来,简直是九牛一毛了!"魏大同伸出一只手来接过这张照片,拿在手里,充满疑虑地说道。

"有可能是分期付呢!"

"除非里面装的是金条还差不多,但灯塔街那班人能出得起什么价码?不可能跟我开出的价格相提并论的!"魏大同自信地认为自己给程为支付的

费用是极具吸引力的,还有他们之间的对赌约定,更是数目可观。

"退一万步讲吧,要是他压根就不是为了钱呢? 你看他们俩简直是频繁见面,从举止上看,他们之间关系亲密,会不会合起来算计我们呢?"徐广利见魏大同犹豫不决,思路推断上也越来越觉得事情蹊跷,赶忙换一个角度分析说道。

"程为他不是为了钱? 我不相信,我太了解他了! 说句不过分的话,他比我都还要喜欢钱这玩意儿,再说了,不为了钱,那是为了什么? 正义? 劫富济贫? 锄强扶弱? 他还没这境界!"

"这也不是完全没有可能的。说句不好听的,我们地产商的名声并不好,遭人嫉恨很正常,你看那些天天在报纸上骂我们的人也不一定就有什么经济回报的,就图个痛快,哗众取宠而已。"

"程为不像是这种人吧,他很务实的,你看他服务的那些客户,好些人被抓起来判个几年都不算过分,程为他只认钱,他才不管客户是好人还是坏人呢。再说了,在灯塔街拆迁这件事情上,我们已经够规矩的了!"

"这个我就不太清楚了,这事反正老板您还是尽快定夺吧!"徐广利每次对程为的进攻都遭受到了魏大同的辩护,这让他心里很是恼火,干脆来一个事不关己,你魏大同爱咋咋办。

"你说这个给我寄来照片的人是什么用心呢? 他为什么要这么做? 拍到这些照片可不容易,得花不少心思的。"

"不知道,这个人应该是在暗中有意帮我们吧。"徐广利对魏大同的优柔寡断有些失望,说话的字数越来越少。

"还有,这个叫乔良的年轻人我好像在什么地方见过他,一时想不起来了。"

"你当然见过他了,双方选定听证代表的时候,他是灯塔街方代理人啊,我们在酒店监控屏幕上看到过他的。"

"我的意思是在此之前好像见过他,在我们还没来西海的时候。"

二

魏大同还是决定与程为当面聊聊,他不喜欢将问题停留在猜测的层面上,白白地杀死脑细胞。

魏大同在复杂的商海里浸淫了 30 余载,他今天所取得的成功绝非偶然。他是一个敢于面对问题的人,哪怕是血淋淋的问题,他也会眉头不皱地去直面它。他在公司里所承担的一直就是那个负责解决各种疑难问题的角色,无论是将不可能变成可能,还是将可能变成不可能,都是魏大同的拿手好戏。

他疑人不用,用人不疑,在这条原则里没有中立环节。就拿程为来说,魏大同自始至终都很赏识他,相信他。他忽略了徐广利的牢骚,将整个听证会的成败交了这个外人的手里,就是因为看中了程为这个人能办事,能办大事。魏大同心里还有一个自信的地方,就是他早就认为程为很像年轻时候的自己,如果程为真的像自己,那他就不会干出一些跟钱过不去的事情来,更不会为了什么所谓的哗众取宠去舍财取义。

但他确实要跟程为谈谈,他愿意听程为的解释,这种带着极大包容性的信任的含金量比普通的信任更高,有的时候它高得能让人为之卖命,感激涕零。

这一次魏大同亲自给程为打了一个电话,邀请他下午方便的时候去同联公司一趟,魏大同在电话里的语气平和,好像什么都没发生过一样。

程为欣然前往,所有听证会的外围工作他已经准备就绪,他也确实需要去与魏大同沟通交流一下。再说了,今天的天气不错,他不用顾虑魏大同那间闷热的办公室。在西海的这个暑期里,并不是晴空万里的时候才叫天气不错。

当程为看到那些精彩照片的时候,他的心顿时凉了半截,脑子也变得有些发懵,他肚子里的凉气瞬间变成了怒火,他心里跟明镜似的知道有人在暗地里捣鬼,而且这阴毒的招数显然是冲着自己来的,他一下子又联想到了昨

天上午魏大同打给自己的训斥电话，指责他做事不干净，留下了尾巴，直接惊动到了孟德斯鸠那里。

综合这两件事情，程为明白还有无数双歹毒的眼睛在黑暗里观察着自己的一举一动，这让他很是吃惊，同时也在心里做了一个深刻的检讨，做这种事情怎么可以只有害人之心，而无防人之心呢？进攻与防御往往都是相辅相成的，忙晕了头的程为深感自己忽视了这亘古不变的战术配合。

他现在还没有时间做更深刻的反省，他现在要做的就是解释，向魏大同解释，向徐广利解释。魏大同为了表明自己无心祖护程为，特意叫来了徐广利旁听。灯塔街拆迁听证会还没有开始，同联公司对程为不信任案的三人听证会倒意外地在魏大同办公室里拉开了序幕。

"魏总，我真的是比窦娥还冤那，这就好比是我在前方杀敌，却被人在后方放火烧了粮草一样。真是犯在小人手里，被人放冷箭了！"程为诚恳地辩解道。

"话也不能这么说吧，程总！这些照片怎么着都是真实存在的，不是电脑做出来的吧！"徐广利双手交叉在胸前，替魏大同应道。

"是真的，这个我不否认。"

"你以前就认识乔良？你应该早一些把这个信息告诉我们的！"魏大同发话了。

"这个说来话长，我也是那天在万龙饭店现场见到他时，才知道他是对方的代理律师的，在这里一起喝咖啡的时候我还不知道呢！"程为手拿着一张拍摄于法典咖啡馆里的照片，解释道。照片拍得很是清晰，从照片的布局上看，拍摄者应该是站在街的对面，因此不难看出偷拍者的装备精良，技术专业。

程为觉得有必要说一说他与乔良之间所发生的事情，于是简明扼要地把来龙去脉描述了一遍。在他讲述的过程中，魏大同眉头紧锁地听着，徐广利斜仰着脑袋，双手始终交叉在胸前，脸上挂着皮笑肉不笑的假笑。程为看得懂这种笑，也读得懂魏大同的眉头，毕竟这个事情的经过听起来太像天方夜

谭了，他有些后悔自己讲述这段带着离奇色彩的经历，因为这个故事有它的先天不足，就算你百分之百地实话实说，听众都会觉得你是在编故事，在明目张胆地撒谎，侮辱听故事人的智商。

"不管你们信还是不信，事情就是这样的。还有一点我也必须说实话，我对这个年轻人有好感，但这种个人感情我不会把它带到工作中来的，他现在是我的对手，这一点我比谁都要清楚！"程为讲述完了事情的经过，立刻声明道。

"还有这种事？我怎么听起来他有点像个傻子？哈哈！"徐广利迅速作出了评价，表达了自己的听后感。他还保留了后半句话没有说出口："如果他不算是傻子，那我跟魏总就是傻子了！"徐广利不敢直言魏大同是傻子，话到嘴边又咽了回去。

就算是只有前半句话，程为还是能听懂徐广利话里的意思。乔良受过大学教育，现在还是一名执业律师，很显然，他不算是傻子。唯一的可能就是程为在瞎编乱造。

"我想这不是傻不傻的问题，每个人都有自己做人做事的原则！"程为说。

"那你们怎么在知道了各自的身份之后还急匆匆地见面呢？能聊些什么呢？"徐广利的手上此时多了一张酒吧里的照片，照片的右下角上有机器生成的拍摄日期。

"这件事对我们俩来说都太突然了，我们只是在一起感叹一下世事变幻莫测而已。"

"是酒逢知己千杯少吧吧！"徐广利阴阳怪气地说。

"我觉得这事没什么大惊小怪的，徐律师你应该知道的，法学院里的同班同学在毕业之后为了维护各自当事人的利益，在法庭上对抗的又不是没有，多得去了！"

"不过这件事情我确实有责任，在我知道了我和他的角色之后，我应该主动把这个情况告诉魏总，避免不必要的误会！"程为接着自我检讨说。

魏大同在一旁默不作声，他仔细地听着程为与徐广利之间的每一句话，认真地观察着程为的每一个表情，并在心里作着自己的判断。

"我们可不可以把这些照片传到灯塔街那些人手里呢？这肯定能掀起轩然大波，他们这些人肯定没有魏总的胸怀和智慧，非把乔良撕碎了不可，让他们临阵换帅，我们就更能增加胜算了！"徐广利一直在观察着魏大同，他已经有了预感，魏大同被程为说服了！所以他打算废物再利用，免得浪费了这些照片。

"完全没有必要！以我对乔良的观察，他只是一个刚出道的律师，嫩得很，应该好对付。要是把他换了下去，灯塔街的人再去聘请一个资深大律师来对阵，倒是麻烦了！"

"程总你别忘了，现在可只剩下三天时间了，他们去哪里偷个大律师来啊，未战而屈人之兵，这可是上策啊！"徐广利坚持自己的想法。

"没有必要！我们现在对听证代表们逐一所做的工作已经够充分的了，除了灯塔街的孙仲山我们没有去碰之外，其余10名代表我们基本搞定了，没必要去节外生枝！"程为坚决不想动用这些照片。尽管他那些对付代表们的手法并不比这招光鲜多少。

"你不去碰孙仲山是十分明智的，这件事处理得很细致。我知道这个人，他是个老顽固，搞不好这事会坏在他手上，尽量离他远一点！"一直沉默的魏大同开始说话。

"你们的工作还得更谨慎些，别让人抓住了把柄。昨天孟皓然的电话就打到我这里来了，照片的事就算了，别弄到灯塔街那边去了，这些东西传播出去之后搞不好还会被记者盯上，那就画蛇添足了！"

徐广利听了魏大同的话，不再吭声。

三

离开同联公司之后，程为感到有些沮丧，这种被人背地里放黑枪的滋味

让他心里很不好受。他一直自信地认为，那个能暗算自己的人还没有出生，却万万没有想到这个人已经悄然长大了，还有了一些道行，能神不知鬼不觉地把刀架在自己的脖子上。

他是走路回公司的，手里没有打伞，任凭这清凉的细雨打在脸上，不久便淋湿了头发和衣服。他需要清醒一下头脑，这雨水便是最好的清醒剂。

程为加快了步伐，心里又振作起来，他暗自发誓要揪出这个潜伏在暗处的人，猫捉老鼠的游戏很好玩，他一直都很喜欢这种游戏所带给自己的刺激感，百玩不厌。

路程并不遥远。当程为浑身带着雨水地走进公司大门的时候，每个人都在用一种异样的眼光看他。就算是西海市久旱逢甘雨，也没有必要如此夸张地淋雨前行吧？

进了办公室之后，周敏慧尾随而来，手里拿着一大包干纸巾，递到了程为的手中。

"你怎么不打伞啊，你没带雨伞吗？"周敏慧关切地问。

"带了。"

"带了伞不用？你真行，没事吧你？"周敏慧扯出几张纸巾，一边替程为擦拭后背衣服上的水，一边疑惑地问道。

"没事，你去把老秦和罗威叫进来吧，有件事要商量一下。"程为用双手撸了一把脸，轻声吩咐道。

周敏慧再次进入程为办公室的时候，手里捧着一杯热气腾腾的咖啡，她把纸杯递给了程为，以近乎命令的口吻说道："赶紧趁热喝几口吧。"

秦宝全与罗威此时已经落座，秦宝全见此情景，开玩笑地说："不要紧的，这大夏天的淋点雨不会着凉的，就当冲冷水澡了，看把小周心疼的，哈哈！"

"葡萄真的很酸吗，老秦？"罗威故作认真地问秦宝全。

"酸！都酸掉牙咯！哈哈！"秦宝全大笑着说。

周敏慧倒没觉得有什么难为情的，她斜着脑袋俏皮地瞪了秦宝全一眼，

在沙发上找了个位置坐了下来。周敏慧喜欢程为,这在公司里是个公开的秘密。

程为喝了一口咖啡,开始讲刚才在魏大同办公室里所经历的事情,说完之后他把一直捧着的咖啡杯放在了茶几上,加重语气地说这件事情一定要尽快破案,不留隐患。

"老大你一点感觉也没有?这可是有人在跟踪你啊!"罗威率先发话。

"会不会是灯塔街那班人干的!是乔良干的!"秦宝全分析说。

"你的意思是说乔良这两次见程总都是他精心设计好的圈套?是离间计!"周敏慧几乎是用惊呼的语调说。

"这小子也未免太狠了吧!"罗威心里都开始有点相信这一分析了。

"不可能!他没这么厉害,我看他还乳臭未干呢,怎么可能会玩这种道道呢?就算有人去教他我看他都学不会。"这是程为想都没想过的推测,乔良的善良和真诚他是见识过的,他是绝对不会相信乔良能干出这种事来的。

"这可不一定,老大你可别轻敌啊!我看他顶多就是貌似忠厚,长了副好人脸而已。"程为越是替乔良辩解,罗威越是深信不疑了。所谓的当局者迷就是程为现在这样的神态。

"我相信直觉,不会看错人的。"程为的语气比罗威更坚定。

"你不会这么感性吧,干我们这行可不能感情用事,你可别给我们演一出农夫和蛇的故事啊,会坏大事的!"秦宝全说。

"你看我像农夫吗?我演蛇还差不多!"程为对自己扮演坏人角色充满了自信。

"老大你这段时间可有点畏首畏尾了,没以前放得开了。"罗威站到了秦宝全一边。

"那得看碰到什么事了!我总不可能全天候24小时都杀气腾腾的吧?别忘了我可是司法局除名律师,我怕什么啊!"

"你别把自己弄得跟十恶不赦似的,这年头根本就没什么好人和坏人之

第七章

103

分,只有干事的人和不干事的人,想干点事就得用些方法和手段,这没什么大不了的!"周敏慧从来就不认为程为是什么大坏蛋,他只是在忙事业,挣点钱而已。

"对啊,我看这个乔良就是想干点事,他家在同治,跑到西海来干什么?听说他接这宗案子只收取了一块钱的代理费,这是什么意思呢?他想赢这场听证会,不是赢钱!不是为了钱而折腾的人才是最可怕的!"罗威心里已经锁定了乔良,继续阐述自己的看法。

"我心里倒是有个人选,我觉得这些事情十有八九是他干的!"说完,程为将杯中的咖啡一饮而尽,握紧了拳头,把咖啡纸杯捏得变了形。

"谁啊?"周敏慧好奇地问,秦宝全和罗威看着程为,不吭声,他们俩没说出口的话跟周敏慧是一样的。

"徐广利!"程为将纸杯扔进了一米开外的垃圾桶里。他喜欢这种简单的投射游戏,比如掷飞镖,往桶里远距离投东西。

"他不是魏大同的御用律师吗,他这么做对魏大同没什么好处,难道他吃里扒外?"罗威不解地问。

"对啊,魏大同要是现在换掉我们,我可以负责任地说他这次输定了!"秦宝全持同样的疑虑。

"他主要是想针对我!冲着我来的。"

"为什么呢,我们跟他可是一伙的,都是在为魏大同服务。"这回轮到周敏慧疑惑了。

"他一直对我不友好,很排斥,记得上次我见他的时候,他竟然知道我跟孟皓然是中学同学,他还知道我以前干过律师,很显然,他在私下调查我!"

"嗯,这件事你上次回来跟我说起过,连我跟了你这么多年都不知道你跟孟皓然是同学,他是怎么知道的?这事是有些古怪。"罗威觉得程为的分析不无道理,还算站得住脚。

"那向孟皓然透露我们在跟听证代表私下接触的事也是这小子干的?"秦

宝全举一反三,把最近发生的另一件怪事也算在了徐广利头上。

"这个倒不一定,要真是这样的话,那他可就真是吃里扒外了。这个事情可不是针对我个人这么简单,会直接让魏大同输掉这场听证会的。再说了,就他那副尊容,还想演无间道啊!"程为不认为徐广利还能大胆出卖主子。

"依我看,也不是没这种可能,你们想啊,向孟皓然透风的人一旦得逞,魏大同自然是输了,但我们也输了啊,我们不但拿不到钱,魏大同还会怪罪我们,更别说今后的合作了。这应该叫城门失火,殃及池鱼了吧。"周敏慧有板有眼地分析说。

"小周说得对,完全有这种可能!再说了,我们对听证代表所做的工作,这事没几个人知道,徐广利在同联公司位置特殊,他是知道这些事的。"罗威说。

"这个事得尽快查一查,罗威你去找一找那个替你跟踪代表偷拍照片的哥们,让他在圈子里打听打听,我看过那些偷拍我的照片,一定是专业人士干的,在西海这么个小地方,能干这事的人不多,只要找到了这个偷拍的人,就不难知道是谁指使他干的了!"程为吩咐道。

"好嘞,不过干他们这行的也有自己的行规,一般不会出卖雇主的,这可相当于砸饭碗啊!"罗威说。在他看来,如果能如此容易地撬开偷拍者的口,那他自己所干的那些事情也就没什么安全感了,他宁愿相信这些人是有职业道德的。

"这个我知道,我们哪个行业没自己的规矩,但你看看谁严格遵守了?现在社会是由潜规则说了算,明规则就是个摆设。"程为主意已决,要是不把那个胆敢跟踪自己的人揪出来,他是咽不下这口恶气的。

"在真相大白之前,我建议还是得提防着乔良,他跟徐广利都应该是重大嫌疑人!"四个人讨论了小半天,秦宝全又绕回到了乔良的身上。

四

夏雪取消了同治之行的计划,继续留在了西海。昨天那个神秘的匿名电话,加上她多年的职业敏感,她感觉西海市貌似光鲜的听证会改革只是新闻的表面,如果她能够接触到这层表皮下涌动的暗流,那可就是真正找到了新闻背后的故事了。

她可不想歌舞升平地报道这次改革,用夸张的溢美之词为黄明朗高唱赞歌,这样的改革她见多了,她需要的是内幕。在干净的新闻纸上再添加一些格式化的表扬信,实在是没什么新意,白纸是用来写黑字的,这样才会有自然的美感,同样的道理,新闻纸上应该写一点黑幕,这才称得上是报纸。

在孙大伟那里,夏雪除了收获了一幅并不值钱的画之外,实在是没任何其他有价值的收获,要是能找到那个打匿名举报电话的女人就好了!夏雪躺在宾馆房间的床上,指尖不停地转动着一支铅笔,心里盘算着。

这件事并不好办,她原本以为只要找到那部电话机的位置就能发现一些有用的线索,但当她昨天身处闹市区的时候她感到失望了,在如此嘈杂的人流中,有谁还会记得有一个女人在中午十二点零五分的时候使用过某部公用电话呢?

她开始摆弄自己的手机,希望渺茫地期待着那个女人再次打进电话来。她说过会再次给自己打电话的!守株待兔虽然笨了点,但也不失为一个方法。

夏雪无聊地按着手机键盘,翻阅着自己的通讯录,她觉得自己应该给谁打一个电话,了解一些情况,总比这样傻等着强。

"程为"的名字迅速跃入了她的眼帘,程为的姓氏属于字母"C"打头的,她的通讯录里没有"A"打头的名字,"B"打头的名单里除了一个"爸爸",也就剩一个姓白的家伙,程为一不小心便中了头彩,他离夏雪的"爸爸"太近了!

电话接通了,没等夏雪开口,一个不太客气的声音传了过来:"我是程为,

你是谁?"

程为对记者素无好感,自然不会存下夏雪的电话,而且他刚刚从魏大同的办公室里走出来,淋了雨,心里苦苦思索着那个暗算自己的人到底是谁,心情自然也好不到哪去。

"我是省报的记者夏雪,在万龙酒店采访过你的! 你还记得吗?"

"记得,你又有什么事?"程为加了一个"又"字,以此强调对方已经骚扰过自己一次了。

"算了,没事,不好意思!"夏雪突然想到现在其实并不合适给程为打这个电话,搞不好会打草惊蛇。

"你有没有搞错? 你们记者喜欢没事的时候打电话玩吗?"程为说完便按掉了电话。

被人无情地挂掉电话,这对于夏雪来说是经常碰到的事,但这一次她心里十分的恼火,她太讨厌这个自以为是的男人了。她怒气冲冲地再次拨通了程为的电话,公然挑衅。

"你还有什么事?"程为把"还"字拖得很长,不耐烦地说。

"没事,我只是想告诉你,作为一个男人,应该有最基本的礼貌和风度!"

"就这事? 那我谢谢您能这么见缝插针地教我怎样做一个男人,行了吧?"

夏雪不说话,她用大拇指使劲地按掉了电话,这一来一往,算是扯平了! 她把手机扔到了一边,想像着程为现在一定是一副气急败坏的样子,心里感到很是满足。

这一天下午,夏雪接连走访了两名听证会代表,想找出一点蛛丝马迹,但一无所获。

她还去市政府找了一趟孟皓然,向他索要一份听证会程序设计的文字材料。孟皓然倒是很客气地接待了夏雪,只是没有满足夏雪的要求。在听证会开始以前,孟皓然没打算完全公开这套程序,他盘算着给听证双方一个措手

不及，减少双方作弊的空间。

"你这是想'法不可知，则威不可测'吗？没想到你堂堂留美法学博士还搞封建社会那套啊！"夏雪无情地将了孟皓然一军。

"西海这个地方很复杂，我这也是为了确保改革的顺利进行，而且我敢保证我们所制定的程序规则是公平、公正的！"孟皓然解释说。

"但不透明！黄市长不是提出了六字方针，要公平、公正、透明吗？"

"整个听证会过程会做到百分百透明，我们欢迎媒体全程监督！"孟皓然用手推了推眼镜，挤出一丝笑容说道。

"那为什么要单单对程序保密呢？"

"毕竟是改革嘛，我们也是摸着石头过河，你要知道，任何严密的法律都能被人钻空子，再过三天也就没什么秘密可言了！"

"这算是留一手吗？"

"这顶帽子我可不敢戴，我们这么做的初衷也是为了使这次听证会的结果尽最大可能地接近公正，对我个人来说，这谈不上是留一手还是留两手。"孟皓然的最大本事就是无论面对多难回答的问题，他都能泰然处之，不惊不怒。

"这套程序很复杂吗？"夏雪开始旁敲侧击。

"不复杂，很简单！我是学英美法系的，所以会重点突出主持人对整个听证会的自由裁量权，当然我是指程序上，我不负责对谁是谁非来进行裁量，这是听证代表们的事。"

"英美法系？我们国家的法律特征不属于英美法系吧，会不会跟现有的法律制度有重大冲突呢？"

"绝对不会的，法律说到底就是个工具而已，你说我现在借你的钢笔来写几个字，会不会有重大冲突呢？"

"我这几天在西海听到一个不好的传闻，说同联公司在私下与听证代表沟通，争取他们手中的选票。"夏雪找不到别的线索来印证那个匿名电话，她

计划着在孟皓然这里试探一下。

"在一座拥有百万人口的城市里,每天估计都能产生成千上万条传闻。我是学法律的,讲究以事实为根据,凡事都需要证据,你是新闻工作者,真实性才是新闻的生命。"夏雪的提问虽然让孟皓然心里一惊,但仍然若无其事地回答道。孟皓然现在的处境跟程为有些相似,程为是既要赢得听证会,又不能给魏大同脸上抹黑,孟皓然则是既要把听证改革这件事做好,还不能给黄明朗脸上抹黑。现在这条传闻钻进了记者的耳朵里,这不是个好兆头。

"你听到过这一传闻吗?"

"听到过!"孟皓然也可以说自己从未听到过,除了眼前的夏雪,他并未听任何人说起过这件事情,他哪里知道夏雪也接到过同样的匿名电话呢。但撒谎不是孟皓然的强项,他是个正直的人,技术性撒谎他都不会。

"那你有什么打算?"孟皓然居然也知道这件事情,夏雪心里也很吃惊,她也想像不到那个打匿名电话的女人竟然是如此勤快,在西海市奔走相告。

其实这个匿名电话并没有广泛散播,她只是打给了夏雪、孟皓然和乔良,只不过夏雪碰巧问到了孟皓然。

"如果属实,我们定将严厉处罚,不排除取消那些已经就位的代表的听证资格!"孟皓然义正词严地说道。

第八章

一

　　刘洋正盯着电脑屏幕发呆，她这样一动不动地已经持续了20多分钟了。作为同联地产公司的公关总监，这些天她感觉到从未有过的工作压力，而这种压力来源于即将开始的听证会。

　　她已经接连好几天没睡过一个安稳觉了，不是在公司加班到天亮，就是躺在床上数绵羊。魏大同要求公关部制定出一套行之有效的公关方案来为听证会保驾护航，她盯着电脑上两小时前就打开了的 Word 文档，上面只写了寥寥几行字。

　　右手鼠标垫旁边的雀巢咖啡杯里还剩下一半没喝完的咖啡，早就凉了。她穿了一件宽松的白色 T 恤衫，宽大的圆领口向着一边倾斜，露出了雪白的香肩和一条浅蓝色的内衣肩带。她拨弄了一下耳际的乱发，光着脚丫子离开

了座位,去厨房倒掉了剩下的咖啡。她穿着一条超短黄色短裤,长长的T恤衫完全罩住了裤子,看上去仿佛没有穿裤子。

她今天上午告了假,没有去同联公司。她喜欢呆在家里一个人写这该死的方案,办公室里的人总是走来走去的,这会干扰到她那并不清晰的思路。

她回到座位之后,将双腿盘在了椅子上,随手拿起了身边的手机。她想着给程为打一个电话,此时的她迫切需要程为的智慧支持。就在前些天,程为有事没事都喜欢往她办公室里跑;现在正是需要他的时候,程为却跟突然消失了似的,都有好几天没看到他的影踪了。

程为爽快地答应了她的邀请。这是刘洋第一次主动约他,他心里很是激动,这两天来阴霾的心情也顿时好了许多。相约的地点就定在他喜欢的法典咖啡馆。

程为比刘洋先到,他今天特意系了一条金黄色的领带来表达自己的心情。为了显得不那么严谨拘束,他刻意把领带系得很随意,将松开了的领带结降至衬衣的第二颗纽扣的位置。他坐在上次与乔良坐过的位置,眼睛透过临街的玻璃橱窗认真地望着街对面,他在寻找并判断着偷拍自己和乔良的那个神秘人当初所站的位置。如果此刻街对面出现一个手拿照相机的人,他发誓一定要奔跑过去将他按倒在地,狠狠地揍他一顿。

街道上的行人少得可怜,更别说挎着相机的人了,刘洋从橱窗前经过的时候,程为一眼便看到了她,他挥手热情地打了招呼,但刘洋并没有看到他,他此刻表现得像一只大猩猩,一只快乐的猩猩在手舞足蹈。

他喜欢刘洋,就像周敏慧喜欢他一样。他曾向刘洋真情流露过,巧妙地做过表白,但刘洋婉言拒绝了他的感情,说自己早已有了男朋友。程为根本不相信刘洋的鬼话,在西海,他从来就没有见过刘洋跟任何男人有过私下来往,同联公司公关部也没人见过刘洋的男朋友。在西海这个地方,每个人的生活圈子并不大,如此神秘地藏匿男友也没什么必要。他曾提出要见一见刘洋的男朋友,也被她拒绝了,这让他更加坚信了自己的判断:刘洋的男友只是

个虚构的符号,她也许需要时间来慢慢接受自己!

进门后的刘洋一眼便看到了程为,她微笑着径直走了过去。她出门时随意地穿了一件短袖条纹衬衣,一条破损不堪的牛仔裤,肩上挎了一只巨大的布包,包身瘪瘪的,看上去没装什么东西。对女人来说,包大包小并没什么关系,她们权衡的不是包的容量,而是整体的美观。

"你不穿职业装时更好看!"程为恭维地说。

"是吗?谢谢,谢谢!可惜魏老板不让我们穿成这样上班,哈哈!"

"这包看上去也不错,很衬你的身段!"

"程总你还懂这个呢,这是我在网上淘的,不错吧!"

"什么叫不错啊,相当不错,很有个性,很配你!"

刘洋美滋滋地落了座,程为挥手叫来了服务员,点了两杯现磨咖啡和两份特色点心。

"不好意思啊程总,这么唐突把你约出来。你是大忙人啊,时间宝贵。"刘洋客套地表示歉意。

"这么说可就见外了,我的时间至少要比魏大同的钱多吧,哈哈!"

"这次专程找你,主要是为了听证会期间的公关方案,我可是头都大了,毫无头绪,程总是这方面的专家,指点指点我吧!"

"你能不能别叫我程总啊,叫程为,好吧?"

"本次听证会注定是要将同联地产推上风口浪尖的,期间没有新闻就是最大的成功!一定要以此为基本原则!"程为品了一口浓香的咖啡,开口说道。

"你的意思是保持沉默?"刘洋疑惑地问。

"差不多吧,话说得越少越好,新闻越少越好!你看看现在的地产商开新楼盘时根本没有铺天盖地的软新闻,现在的房子压根就不愁卖,没有新闻便是最成功的媒体公关。"

"你是指负面新闻吧?对我们有利的新闻也越少越好?"刘洋越听越

糊涂。

"我们已经在外围针对听证代表做了很多有效的工作,媒体公关上完全可以淡化处理,我们不能给外界感觉我们在有力地影响媒体,你就无为而治吧!"

"但魏总可不是这么要求的啊!他要求我们在舆论上一定要占据制高点,形成绝对的舆论优势,我正为这事发愁呢!"

"他这是老大当习惯了,什么事都想做到压倒一切。这件事情我们在舆论上是讨不到便宜的,一切要等到我们赢了听证会之后,那时你的部门再使点劲帮同联地产吹一吹。还有一点你务必要确定,就是对待任何媒体只允许一个出口,不要同联公司的人谁都可以出来讲几句,那就完蛋了!"

"这个我明白,我打算在集团内部确定一个新闻发言人,其他人一律闭嘴!"

"对,对,尽量少说,动作越多,破绽就越多!参与本次听证会的媒体名单你拿到了吧,要多跟他们交流,及时了解信息,把那些对我们极为不利的新闻扼杀在摇篮中,别等到新闻上了头版之后再去扑火。"

"这个你放心,我们跟媒体的关系一向不错!西海和同治的媒体我们都一一打过招呼了,省报的还没联系上,好像是个女记者,听说不好打交道。"刘洋用手掰了一块面包塞进了嘴里,一边嚼着一边说道。

"我见过这个记者,交给我来对付吧!你肯定拿不下她的。"程为自告奋勇地站出来替刘洋分忧,脑海里浮现出一张夏雪的脸。

"你说我们这次能赢吗?"刘洋担忧地问。

"能!"这种百分之一百的语气,程为在魏大同面前都没有如此坚定过。

"你这么有把握?"

"很多事情功夫都是在诗外,我们在听证代表们身上花了那么多精力,会有回报的!"

"他们都同意合作了?你太厉害了吧!"

"应该不会有问题。每个人都有自己的弱点,有自己的隐痛,在这些弱点面前,人的道德意识、法律观念都会选择回避的,趋利避害是人的天性,我算是明白了,现在的人也就只有为了爱情的时候能飞蛾扑火!"程为说到飞蛾的时候,动情地看着刘洋,眼睛里喷着炽热的火,刚才的大猩猩顷刻间变成了一只可怜兮兮的飞蛾。

<h2 style="text-align:center">二</h2>

黄依一满面愁容地坐在床头,右手的两根手指夹着一支刚刚点燃的香烟,房间里烟雾缭绕,床头柜上的烟灰缸里堆满了烟头。

她刚刚收到一封让她惊恐万分的邮件,邮件里什么字都没有写,只是附了一张清晰的照片。当她看到这张照片的时候,全身的血液仿佛在一刹那间结成了冰块,整个人都僵住了。

这是一张限制级的艳照,照片上的两个人正在如痴如醉地热吻,其中的一个主角便是自己,而另一个主角正是她的恋人——同样是一个女人!

她有足够的信心相信,她与这个女人的秘密关系在这个地球上都不会有第三个人知道,她们是如此小心翼翼、如履薄冰地维系着这层关系,从不被外界所知。这是一张黄依一自拍的照片,它只保存在她家里那台从不移动的台式电脑里,而且她也从未叫人上门修理过电脑。为了安全起见,家里的这台台式电脑也从未上过网。她只用自己的笔记本电脑上网,再高明的黑客也无法从这台电脑上窃取到这张照片。

那个女人是同治戏剧院里的青衣。在黄依一眼里,她是这个世界上最美丽的青衣,她爱她爱得发狂。世俗的观念让她们的恋情只能在地底下燃烧,但她很知足,她没想过向世人公示这段爱情,更没奢想过能有什么爱情结果,她至今未婚,辛苦地守着这份感情。

就在这一刻,她终于明白了那个入室盗窃而分文未取的小偷偷的到底是什么,她想过报警,后来她说服自己放弃了,她不希望社区民警们用一种异样

的眼光看待自己,她以前是那么的受人尊敬! 她甚至没有将此事告诉"青衣",她不希望她跟自己一样担惊受怕,有天大的压力自己一个人承担好了。她已经想得很清楚,如果对方以此为要挟,只是为了索取些钱财的话,她会毫不犹豫点头同意。

她掐掉了手中的烟头,走到笔记本电脑跟前,回复了那封可恶的邮件,询问对方到底想干什么。

黄依一电脑边上的手机响了起来,她闻声打了一个激灵,她现在的神经变得脆弱而敏感,这种毫无征兆的声音足以使她魂魄出窍。

电话是一个女人打来的,她是省报的记者夏雪,她急着要见一见黄依一。黄依一不清楚对方的用意,但没有拒绝。她一直以来都跟媒体保持着良好的关系,这对她的事业很有帮助,她笔下的诗歌和散文能在全国范围内传播,媒体功不可没。

夏雪是在匿名电话的驱使下心急火燎地找黄依一的。就在几分钟之前,她再次接到了那个神秘女人的电话。

在黄依一的家里,夏雪见到了这位面容憔悴的西海名流,她的真人要比报纸杂志上刊登的照片苍老许多,她没有化妆,皮肤看上去有些粗糙,她最近的睡眠质量肯定很差,淡淡的黑眼圈可以作证。她给夏雪泡茶的时候手上还夹着一支香烟——她越来越离不开这东西了。

跟拜访孙大伟一样,夏雪进门后的第一件事便是欣赏各种各样的画,她双手交叉在胸前,围绕着客厅缓慢地走了一圈,嘴里不时发出赞美的声音。

黄依一客厅四壁上所悬挂的画都出自名家的手笔,每一幅都价值不菲,在这一点上,这里的画跟孙大伟的画有着天壤之别。

若是换作以前,黄依一会兴致勃勃地为客人介绍每一幅画的由来,现在她没有这样的好心情,她只是礼貌地跟在夏雪的身后,在自家熟悉的客厅里转了一圈。

"黄老师,您的气色看上去不太好,没休息好吧!"两人在沙发上刚刚坐

下,夏雪放弃了女人之间初次见面时的相互赞美和恭维,直言道。

"是吗?"黄依一朝烟灰缸里弹了弹烟灰,接着说道:"可能是最近老失眠吧!"

"我看您烟抽得比较多,这东西刺激脑神经,会严重影响睡眠的!"夏雪看了看烟灰缸里堆积的烟头,关切地劝说道。

"没办法,多年的习惯了,一时半会儿也戒不掉,以前总是在晚上写些东西,抽烟可以使自己精神一点,没想到现在精神得睡不着了!"

"我以前晚上写稿的时候也抽,不过量不大,后来下决心不抽了,睡眠可是女人最好的化妆品啊!"

"对了,你找我有什么事?"黄依一不想谈论抽烟和失眠的问题,这是她目前无论如何都克服不了的难题,不提也罢。

"哦,就是想跟你聊聊灯塔街拆迁听证会的事。"

"唉,这件事说起来我就生气,你说西海市那么多委员,怎么就偏偏让我去做这个什么听证代表呢,最近我正在忙我的诗集出版,实在是没有时间啊!"黄依一抱怨道。

"同联地产公司有什么人找过你吗?"

"没有,他们找我干什么呢?我跟地产商素无往来。"

"魏大同不也是政协委员嘛,你们不认识?"

"在一次联谊会上见过,我们不是一路人,估计互相都瞧不上吧。不过他好像也喜欢收藏些名画,我跟他也就这么一个共同点了。"

"这么说你这次要投反对票了?"

"这倒不一定吧,这得看听证双方到时候怎么说了,我虽然极不喜欢做这个什么听证代表,但我也不会胡乱投票的。不过我不喜欢他们地产商,这是事实,我当着魏大同的面也敢这么说,他们总是说的比唱的好听,就拿我们的欧美经典家园来说吧,我当初买房的时候,开发商宣传的是一流的物业配套,要做西海最舒适、最安全的高端社区,我当时心一动就买了,结果呢,连个小

偷都防不住,这叫什么全封闭式管理啊!"她现在更加憎恨那个不明来意的小偷了。

"你家里来过小偷?"夏雪敏感地问。

"是啊,就在前几天,小区的保安毫无察觉,监控摄像头也什么都没拍着,你说这小偷还能从天而降?"

"你有没有报案?"

"报啦,两个警察来我这儿拍了一通照片就没下文了。下次政协开会的时候我得好好提提这事,你说这警察连个入室盗窃案都破不了,还能指望他们什么啊?"

"丢什么值钱的东西没? 损失大吗?"

"那倒没有!"黄依一迟疑了一下回答道。她看得出对面这个年轻的女人绝对是一个打破沙锅问到底的人,再这么任其询问下去,就该说到那可恶的照片了。

"看来这小偷不太识货,您这墙壁上的画可都是好东西啊! 一幅都没丢?"

"可能他想偷点现金吧,我家里一般不放现金的! 现在的银行卡这么发达,谁还搁那么多现金啊,小偷们肯定恨死银行了!"黄依一故作轻松地说。

"这事挺奇怪的,贼不走空嘛,无论如何也不会空手而归吧!"夏雪不太相信黄依一的"现金说",凭着多年的职业直觉,她早就把自己变成了一台测谎仪,黄依一游离的眼神告诉她,眼前这位满脸苦恼的诗人在刻意隐瞒着什么。

"也许拿走了一些首饰吧,我这些东西平时都是随处乱放的,心里也没个数,真被拿走了什么我也不太清楚了!"

"你说会不会是同联地产干的呢? 我得到消息说,他们在私下打这些听证代表的主意呢!"夏雪直截了当地说,她想看看黄依一的脸色变化。

"不至于吧,我听说魏大同不是想改邪归正吗? 你看他这次拆迁,没有给灯塔街断水断电,也没派人去扔汽油瓶子,非得配合政府搞什么听证会,他以

第八章

117

前在同治市可没这么有耐心,出了名的霸道。"

夏雪跟黄依一大概聊了40来分钟,依旧是一无所获。她有些气馁了,甚至开始怀疑那个匿名电话所提供的线索了。要是能找到那个神秘的女人就好了。夏雪走在欧美经典家园里的林荫道上,看着那些随处可见的摄像头,心里琢磨道。

这些摄像头突然给了她灵感,她一下子加快了步伐。

三

乔良抽空回了一趟同治市,他本不该在这个关键的时刻离开西海的,听证会转眼就要到了,还有好多事情需要他去谋划处理,实在是没有空闲。

但他想回家看看卧床不起的父亲,他相信半身不遂的父亲能赐予他神奇的力量,而这种力量足以支撑他在听证会上过关斩将。

孙研执意要跟他一起回家去看看伯父,他拗不过她。她现在就如同乔良的小尾巴,怎么甩都甩不掉。

孙研像丑媳妇见公婆似的刻意打扮了一下,还精心挑选了见面礼,大包小包的,左右手都没闲着。在同治汽车站下车的时候,乔良的步子很快,全身沉重的孙研跟在屁股后面是一阵小跑,像一对吵了架的小夫妻。

乔良的家离车站不远,在一个带着七分新的居民小区里。小区的名字叫同联城市家园,很显然,这是魏大同在同治的地产项目。

乔良的家在5楼,没有电梯,两个人气喘吁吁地来到家门口的时候,便闻到了一股刺鼻的中药味。乔良的母亲热情地将两人迎进了门,她满头银发,50多岁的年龄,60多岁的相貌,生活的压力和岁月的沧桑全都刻画在脸上,变成了深深的皱纹。

家里不用换鞋,屋里原本就很乱,换鞋显得有些多余。这是一件狭小的一居室,客厅就是卧房,还有一间小厨房和一间卫生间,总共也就50平方米的样子。

乔良的父亲躺在床上,几年前的一场中风让他对任何事情都缺失了该有的反应,他的后背垫着两只枕头,这使他保持着半坐半躺的姿势,他看起来比乔良的母亲还要衰老,皮肤苍白,明显是缺乏阳光滋润,他一年四季绝大多数的时间都呆在这间屋子里,在这座整日顶着骄阳的城市里,他却远离了阳光。

床头柜上散落着五颜六色的药,厨房的煤气灶上药罐子正冒着热气,这各色各样的中药西药并没能使他奇迹般地站起来,它们只是在维系他的生命,用力地将那场人生的葬礼往后推延着。

母亲见来了客人,双手就再也没有停过,她想尽力把屋子收拾得干净一些,她还打开了一台落地电扇,这恐怕是客人才能享受的待遇。

母亲用同治当地的方言责怪乔良有客人来也不事先说一声,家里都没准备什么像样的菜,孙研是西海人,她能听得懂这些责备,赶忙一边说着没关系,一边帮忙收拾起屋子来。

在跨入这个门槛之前,孙研对乔良的家有着各种各样的猜想,但她全错了。她没想过这里的境况竟然这么糟糕,作为一名不速之客,她手足无措地收拾着屋子,眼睛幽幽地瞥着乔良,充满了爱怜。

她突然听到了一个陌生的名字,凭直觉,这是一个女孩的名字。这个名字是从乔良母亲的嘴里说出来的,她叫"妞妞"。母亲在问妞妞怎么没有来,好久没见到她了。

乔良随便应付了母亲几句,便蹲在了父亲的床前,用扇子去驱赶一只落在父亲眼角的苍蝇。他询问着父亲的病情,父亲嘴里发出一种不清晰的声音,这一次孙研没能听懂。由于中风的缘故,父亲的嘴角有一些歪,发出的声音便走了样。但乔良能听懂。

现在,孙研变成了乔良母亲的小尾巴,她跟着打扫卫生,还坚持拖了地,跟着乔良母亲摘菜。孙研坚持说家里有什么便吃什么,成功地阻止了母亲外出买菜。

午饭过后,乔良没有呆多久便起身回西海了,在回西海的大巴车上,孙研

比来时安静了许多,但她还是忍不住问了问"妞妞"的情况。

妞妞就是乔良的女朋友,他如实相告。除此之外,他还讲了很多有关父亲的故事,还讲了一个他埋藏在心底的秘密。

孙研的眼睛是湿润的。她以为自己会嫉妒,可竟然没有。

回到西海的那个下午,孙研家里也来了一位不速之客。

他有一米八的个头,典型的北方人长相,戴一副琥珀色镜框的近视眼镜,算不上英俊,有些学者的派头。他是孙研的大师兄,刚刚由考古系的硕士研究生升格为博士研究生,比孙研大四岁。他叫高博,就冲这个名字,就是块念博士的料。

高博特意给孙研来了一个突然袭击,目的就是想给她一个惊喜,他正在热烈地追求孙研,也只有死心塌地的追求者才有心思来策划这种惊喜。

孙研没有高博想象中的那般惊喜,她此刻还完全沉浸在乔良的故事里,脑海里还刻印着那间凌乱的小屋,那个半瘫的病人,还有那位神龙不见首尾的女朋友"妞妞"。

高博在灯塔街见到了乔良,乔良此刻就站在孙研的身边,这让高博很是警觉,他上下打量着这个半路杀出来的程咬金,心里感觉到一丝压力。眼前的这位年轻律师,面貌如此俊朗,言行举止如此温文尔雅,高博终于明白为什么在这个暑假里,孙研打给自己的电话如此的稀少。

高博士的出现倒是让乔良彻底松了一口气。他发现原来自己这条小尾巴的后面还跟着这么一条大尾巴!这让他的神经得到了放松。

他突然想念妞妞了,肝肺俱裂地想!她是如此的近在眼前,却偏偏又如同远在天边,他受够了这种聚少离多的日子,他们同在西海这片天空下,呼吸着相同的空气,两人间的物理距离是这样的近,但他们之间的相聚少得可怜,而且每一次相见都像偷情般神秘,来去匆匆。好在这一切马上就要结束了!

他匆忙地与孙研、高博道了别,回到了他那间出租房里。他给妞妞打了一个电话,告诉对方自己现在有多么想她!

妞妞也很想他,同样是撕心裂肺地想,在电话里两个人窃窃私语了足足半个小时,滚烫的情话险些融化掉了手机,化作一滩炽热的金属液体。

他想见到她,是立刻!他想用尽所有的力气来抱住她,倾听她狂乱的心跳。她拒绝了,她何尝不想融化在乔良的怀里!但她觉得现在还不是时候,要再等等!

他在电话里吻了她,恋恋不舍地挂掉了电话。他理解她的顾虑,毕竟这一切都是为了自己,为了他埋藏在心底的那个秘密。

四

那个架着宽大的墨镜、戴着棒球帽的摄影师又出动了!他满怀喜悦地接受了罗威的指令,信心百倍地去寻找他那位同行了。

他看过那些拍摄于法典咖啡馆和"Men and Women"酒吧里的照片,从照片的拍摄角度、清晰度以及各项考核指标来看,这位同行的水平不低,绝不在自己之下。

他尽自己最大的努力来还原拍摄这些照片的相机品牌、型号和镜头的规格,希望通过这些专业判断来缩小寻找的范围。他刚开始时是打算从照片冲洗上着手的,因为西海市的照片冲洗店并不多,而且每一家他都很熟悉。

很遗憾!这些照片是通过私人激光照片打印机打印的,这条唾手可得的线索瞬间便灰飞烟灭了。

在西海找一个人并不难,这事难就难在根本不知道在找谁,他像一个幽灵一样曾在法典咖啡馆街道对面出现过,他还在那间昏暗的酒吧里现身过,或许他根本就是一位外地客,来西海完成了任务之后便鞋底抹油地溜了,或许他来自邻近的同治市,这可不是个好兆头,在两座城市里寻找一个人更是难上加难了!

罗威所开出的价码比上次更加诱人,如果"墨镜男"能够顺利地完成这项任务,这意味着他可以休息半年了。罗威在他眼里可是一位十足的大客户,

他不想让罗威感到失望，他希望罗威能清楚地看到自己的才华，除了简单的跟踪偷拍，他还是一名合格的侦探。他得露两手给罗威看看，大客户每次出手都很大方，建立坚不可摧的信任关系太重要了！

"墨镜男"自诩为不省油的灯，他可不是一位普通的小照相馆老板，他以前在省会的一家娱乐杂志社干过好几年的摄影记者。他见多识广，见过各种大场面，狗仔队的那些烂招数他轻车熟路，偷拍女明星洗澡都不在话下。

他在一天之内就迅速召集了一次摄影圈同行聚会的沙龙，组织沙龙前他还特意向罗威请示了一下，询问能否给这次聚会提供资金上的支持，罗威二话没说就答应了他的请求。大客户是不会在乎这点酒水饮料钱的。

沙龙的地点就定在"Men and Women"酒吧，他打电话包下了场子。还放出话来，大家可随意带圈内朋友来玩，来者不拒。

摄影师间的聚会一般不聊摄影艺术，他们如数家珍地聊机器，各种新出的款式和各种过时的老款他们都聊，那些有收藏老相机癖好的人还会拿出几件最得意的宝贝出来让大家把玩，他们还交换镜头，纯物物交换，拿回去用得不顺手的回头再换回来，他们还大口大口地喝着啤酒谈论各自拍过的"大人物"，当然说得最多的还是女模特，比如谁的胸口有一颗很大的痣，哪个模特的毛发比较重等等。

"墨镜男"对这些话题可没什么兴趣，他是带着任务来的，他像玩杀人游戏似的审视着一张张面孔，希望能从中找出一个"凶手"来。

他将话题转向了灯光昏暗条件下的远距离人物拍摄，提议给现场拍几张聚会的照片。这个专业话题迅速得到了响应，随身带着专业数码装备的人干脆在酒吧里试拍了起来，但拍出来的照片远不如程为和乔良的那张合影清晰。这几个跃跃欲试的摄影师看来不是"凶手"。

"最好是能支一个三脚架，光线本来就弱，手再一抖就全完了，没法看了！"一位长满了浓密胡须的中年男人说。他穿一件黑色弹力背心，手里握着一瓶百威啤酒，说道。

他的建议得到了几个摄影师的赞成。

偷拍怎么能支三脚架呢？这未免也太不专业了吧！"墨镜男"毫不犹豫地把这几名摄影师排除掉了。

"不用那么麻烦，以这里的光线情况，可以把感光度 ISO 值调高一点，设定 1600 或 3200 试一试，这样拍的话手持都没问题！"另一个穿着绿色沙滩装的男人说。

如果以这样的方式拍摄，其结果是势必会增加数码照片上的"噪点"，使得图片上呈现出很粗的颗粒，那张偷拍程为的照片上似乎又没有如此粗大的颗粒！"墨镜男"寻思道。

"恐怕不行吧，感光度这么高的话，照片上的颗粒太大了！"一位年轻的女摄影师对沙滩装男人的建议提出质疑，说出了"墨镜男"心里的话。

"要是小黑在就好了，他那部机器怎么拍都没问题！"穿黑色弹力背心的男人再次发话了。

这句话的声音不大，但清清楚楚地钻进了"墨镜男"的耳朵，他挪动了一下步子，走到了"弹力背心男"的跟前，问道："小黑是谁啊，他的机器有这么牛？"

"你不认识小黑？黑人摄影工作室的首席摄影啊！上个月刚在步行街开了家店，他手上有一部日本朋友送给他的机器，国内还没货呢。感光度可调到 12800 呢！"

"那不也有噪点嘛！"

"感光度 12800 的时候有一点点颗粒，但在电脑上完全可以处理掉，像这种拍摄情况，感光度调到 6400 就可以了，几乎没有噪点！"

"真有这么神吗？那得是多昂贵的机器啊！"围在"弹力背心男"周围的人七嘴八舌地表示不太相信。

"我骗你们干吗，上个星期有一款洋酒在酒吧里做推广活动，现场照片就是小黑拍的，灯光不比这儿强多少，我看过那些照片，清楚极了！"

"在我们西海也就这么一台吧,回头借来玩玩！你跟他熟吧?""墨镜男"对这件"神器"表现出极大的兴趣。

"借来玩玩？你开什么玩笑！这可是他的心肝宝贝,巴不得抱着一起睡觉呢,他自己的新鲜劲还没过呢！这机器别说在西海了,国内都没几部,在日本才刚刚上市,还轮不到我们玩呢,再说这价格估计咱也玩不起啊,哈哈！"

"墨镜男"的兴趣越来越浓烈,他揪着"弹力背心男"不放,死缠烂打地要了小黑的地址和电话,还说要是方便的话最好能给自己做个引荐。他是沙龙的召集人,也是聚会的买单人,这个要求听起来不算过分,最终他如愿以偿。

他原本设计了好几套可行的方案在沙龙聚会上寻找线索,现在看来其他方案似乎没有什么必要了。他曾仔细分析过罗威交给他的那些照片,从"弹力背心男"所提供的信息里,不难判断那些偷拍照片十有八九是出自这部"孤品神器"了！

他心情好极了,手里提溜着酒瓶子满场子乱转,换了一瓶又一瓶。这踏破铁鞋无觅处,得来全不费工夫的惬意使他爱上了这酒吧里的热闹,更爱上了那些有大客户买单的啤酒。他没一会儿便把自己灌了个七分醉。

聚会逐渐散去,"墨镜男"还保持着三分清醒,带着酒劲特意挽留下了"弹力背心男"。从对方口中,他得知小黑是一名优秀的摄影师,曾因打架斗殴致人重伤而坐过几年牢,后来因表现良好获得了假释,现在正是假释考验期间。小黑入狱之后离了婚,有一个四岁大的小孩判给了前妻。小黑的皮肤黝黑,头发有些秃顶,整天戴一顶蓝色的棒球帽子……

"弹力背心男"很是惊诧"墨镜男"竟然对那部感光度12800的机器如此感兴趣,现在看来,他对小黑的兴趣远远超过了那部机器。不过这也正常,"墨镜男"是开照相馆的,小黑是黑人摄影工作室的首席摄影,今后合作的机会还是有的。再说了,小黑手里还有一部让人眼馋的宝贝呢！

在"弹力背心男"的介绍之下,"墨镜男"第二天便见到了小黑,他不停地暗示着对方自己是跟踪偷拍的好手,希望小黑能把自己当成真正的"同行",

若是再进行一下业务交流就再好不过了。无奈小黑的警惕性极高,并不接他的话茬,对偷拍之事也是只字未提。

　　"墨镜男"除了亲手摸到了那部传说中的机器之外,可以说是一无所获,他本来想开门见山地拿出程为与乔良在酒吧里的合影照片给小黑看的,后来权衡再三,还是觉得不妥。空手而归的他只好将小黑这条重要的线索告知了罗威,罗威也觉得这是个很关键的突破口,耐心地询问了很多小黑的情况,"墨镜男"把自己所知道的信息和盘托出。

　　一条对付小黑的计策突然爬进了罗威的脑袋。

第九章

一

　　夏雪毫无收获地见完黄依一，离开欧美经典家园之后，直接奔向了西海市中心商业区。她再次来到了那部神秘女人使用过的公用电话机旁。

　　她仰着脖子在公用电话旁缓慢地转着圈圈，经过她身边的路人也受到了她的感染，都纷纷扬起了头，好像西海市上空发现了不明外星飞行物似的。

　　她在寻找摄像头！欧美经典家园里密布的摄像头突然给了她灵感：如果正好有一部摄像头冲着公用电话亭方向的话，就不难找出那个打匿名电话的女人来了！她手机里保存了那个"已接来电"的准确时间，完全可以精确到几分几秒。

　　她还真发现了一个摄像头，在那部电话的左前方的9点钟方向，摄像头的位置有一些隐蔽，它的旁边有一棵银杏树，茂密的树叶挡住了摄像头的机

身，刚好露出前端的拍摄镜头。她目测了一下摄像头的位置和距离，推断应该能清楚地拍摄到打电话人的左脸。如果那个女人刚好是从电话机的正面走过来的话，则能拍摄到她的全貌。

夏雪为自己的发现感到激动不已，这样的兴奋完全不输给哥伦布发现美洲大陆时的心情。她接下来的工作就是要调查清楚这部摄像头所属的管理机构，究竟它是商业中心保卫处安装的监控设备，还是西海市交通管理局的路况监控。

她急匆匆地离开了那里，三步并作两步地找到了商业区的管委会，在管委会办公楼里稍作打听便找到了保安处的监控室，监控室内摆放着一面墙的监视电视屏幕，足足有40多个。

在出示了证件、说明完来意之后，监控室里的值班保安告诉夏雪，她所寻找的那个摄像头不属于商业中心，商业区的摄像监控主要集中在室内，特别是电梯间，室外广场安装的摄像头并不多，这是一部由西海市交通管理局安装的监控摄像，此地段属城中区交警大队管辖。

夏雪并不受欢迎。当她出现在城中交警大队驻地，一开口便询问起那个摄像头的时候，所有人都以一种十分警觉的眼神看着她，绕着圈子回避着这个问题。

夏雪所提到的监控摄像，曾饱受西海市司机的非议，它所拍摄的路段是一条单行线，但提示标志并不明显，司机往往是走到了路口才发现为时已晚，而那部监控摄像的位置偏偏又极为隐蔽，硬着头皮闯入该限制路段的司机几乎是无一幸免，统统被拍个正着。于是西海市的司机将这个摄像头戏称为"钓钩"，这钓钩上面根本无需挂诱饵，广大司机仍纷纷上钩。

在交警大队内部，也有人开玩笑地称它为"英雄一号"，因为该摄像头所拍摄到的违规车辆最多，每年的罚款自然也是辖区内的"冠军摄像头"。

西海市的广大司机曾通过多种渠道反映过这一问题，西海当地的报纸也不痛不痒地调侃过这个"英雄"摄像头，但一切都没有因此而改变，"英雄一

号"依然每天风雨无阻地躲藏在银杏树的枝叶里,聚精会神地盯着每一辆倒霉的汽车。

所以夏雪的出现无疑是拨动了所有人敏感的神经,她肆无忌惮地打听着"英雄一号",而她还是省报的记者。她一走进交通大队大门的时候就出示过她的记者证,她原本以为凭着自己的特殊身份,调取一段视频监控录像是一件再简单不过的事了,简直是探囊取物!就连黄明朗市长和孟皓然也得给她三分薄面呢!

工作受阻的夏雪不得不向省报求助,希望能通过报社在上面的斡旋来解决这个问题。在打给报社总编辑的电话里,她再三强调了事情的重要性,她此刻已经看到了那根能拉开黑幕的线头,只是她现在的手还够不着。她跟总编辑汇报说,如果想看到一个不一样的西海听证会改革,就一定得想方设法摆平城中交警大队。

她从没听说过"英雄一号"的故事,她心里有些疑惑,觉得那班身材有些发福的警察过于敏感了,自己只是一个手无缚鸡之力的省报女记者而已,又不是亡命天涯的女杀手,犯得着如此戒备吗?

夏雪没有回宾馆,她就在交警大队附近的街上溜达,等待着总编辑的电话。尽管她刚刚在交警大队碰了钉子,但她仍有种发现真相前的亢奋,浑身的热血比西海的空气还要燥热。她相信总编辑的能力。总编辑是一位50多岁的女人,报社里里外外的人都喜欢在私底下称她为女魔头,总编辑好像并不介意这样的称谓,年轻的时候她便是一个疯子般的女记者,疯子老了的时候便顺理成章地成了魔头,这似乎符合生物进化的规则。"舍得一身剐,敢把市长拉下马!"这是她常常挂在嘴边的一句话,她让听到这话的政府官员不寒而栗。

大约过了一个小时,夏雪便接到了总编辑打来的电话,总编辑告诉她直接去找城中交警大队的胡队长,说省法制日报的社长已经跟他打过招呼了。

夏雪不失时机地拍了拍总编辑的马屁,挂掉了电话,昂首挺胸地回到了

交警大队。在传达室里，夏雪报了胡队长的名字，传达室的老头越过老花镜的上梁疑惑地看着这位称自己为"记者"的小女子，拨通了胡队长办公室的电话。

夏雪很不明白看门老头为什么要这样看她，他眼镜的镜片好好的，被擦拭得一尘不染，他干嘛不透过镜片看自己呢？这难道就是大跌眼镜吗？

几分钟之后，一位身着制服的女警花迎了出来，热情地与夏雪握了手，边走边聊地并着肩往里走去。

黑人摄影工作室来了一位客人，他戴了一副咖啡色的太阳眼镜，上身一件蓝色短袖衬衫，下身穿一条灰白色的外贸西裤，脚上的黑色浅口皮鞋擦得很亮。他在一楼的摄影作品展示小厅里转悠了一会儿，然后在前台女服务员跟前嘀咕了几句，服务员微笑地指着旋转楼梯处叫他上了二楼。

他是来找小黑的。此时的小黑正在二楼摆弄他的一堆装备，小黑穿着紧身T恤，露出发达的胸部肌肉和强壮的胳膊，在黑色皮肤的映衬之下，小黑像一座敦实的铁塔。

客人热情地向小黑作了自我介绍，说自己是杨哲民律师的朋友，特意过来找小黑商量一件要事。

小黑事先就接到过杨律师的电话，他闻讯赶忙把手上的活儿放在一边，领着客人走进了一间小屋子。

杨哲民是小黑与前妻离婚时的代理律师，小黑的女儿就是在杨律师的手上输掉监护权的，而眼前这位客人能把女儿从前妻手里夺回来。杨律师在电话里就是这么对小黑说的，还把这位客人狠狠地夸了一番。

"罗律师您真的能帮我要回女儿？听杨律师说您的本事可大了！"小黑一边张罗着茶水，一边说道。

来者姓罗，他正是程为的得力助手罗威！"墨镜男"揪出了小黑，却撬不开小黑的嘴，而程为对那个暗地里给他使绊子的人耿耿于怀，一天不找出这支伤他的暗箭，他就在办公室里上蹿下跳地唠叨。为此，罗威决定亲自出马。

他还承诺了"墨镜男"，如果小黑的线索属实，他会一分不少地付给他报酬。"墨镜男"吃下了这颗定心丸，对这位大客户心存感激，事情只干了一半，却能收到全款，试问这世上还有这样好说话的东家吗？

"能啊，你现在有稳定的工作和收入，也出来了，问题不大！"

罗威口若悬河地说了一大通婚姻法以及操作层面上的可行性，给了小黑极大的信心。两人聊了大概半个小时之后，罗威不经意提到了小黑前些天未经监督机关的批准擅自离开西海去了一趟省城的事，说这可是严重违反假释条例的，一旦有人将此事举报，小黑的假释就泡汤了，还得重新回到监狱里蹲完剩下的大牢，争夺女儿监护权的事更是没希望了。

小黑被罗威的话吓得是面如菜色，连忙说自己莽撞大意了，他更是惊恐眼前这位客人的手眼通天，竟然连自己偷偷去了趟省城都瞒不过对方，不由得暗自唏嘘。

罗威起身准备告辞，小黑将他送到了楼梯口，罗威突然转过头来，从裤兜里掏出一张照片递到了小黑的眼前，问道："这是你拍的吧？"

小黑的脸色更加难看了，这突如其来的刺激使他打了一个寒战，后背冒出了冷汗，他机械地点了点头，认了。

真人面前不说假话，小黑是明白这个道理的，眼前的这位年轻律师竟然知晓自己所干的一切，那绝对是百分之百的真人了，这撒谎的代价是难以估量的。这个律师能轻而易举地毁掉自己来之不易的假释，让自己再回到大牢里去，还有他极有把握替自己夺回那牵肠挂肚的宝贝女儿……

二

万龙大酒店又开始热闹起来了，来自各家媒体的记者再一次云集到了这里，当中还包括很多不请自来的媒体。明天就要在这里举行一场被冠以"改革"头衔的听证会了。像夏雪这样在西海呆上一周等待听证会的记者不多。

夏雪正躺在万龙大酒店的房间里发呆，她顺利地拿到了"英雄一号"摄像

头所拍摄到的影像资料,在进行完截图处理之后,她还去照片冲洗店冲印了四张最为清晰的照片。这些照片现在就散落在床单上。

她原本以为只要拿到拍摄资料,一切问题就能迎刃而解了,那个神秘女人的庐山真面目也将毫无悬念。现在看来,她有些过于乐观了。

西海有80多万城市居民,拿到了照片又能如何呢?她根本不认识这个女人,也从未见过这个女人,自己总不可能拿着这些照片走上街头向路人询问吧!这个工作无异于大海捞针。

照片上的女人看起来身材很高,也很匀称,长发。站在电话机旁的那张照片展露出女人的左脸和鼻梁,她的脑袋向左上方微微翘起,脸部皮肤白皙,左耳上有一个银色的耳钉。

其他几张照片取景于她朝电话机方向走来时的路上,从走路的姿势来看,她穿着一双高跟鞋,上身是一件白色的夏季女职业装,下身是一条黑色的女式西裤,她走路的时候并没有神情不安地东张西望,当时正是正午,阳光很是刺眼,这个女人没有戴太阳镜。她全然没有偷偷摸摸的神情,走路时身板很直,昂着胸。她没有携带一只女人时刻不离手的包,这跟周边商业区里逛街的女性有着最明显的区别。

她一定是西海市某家公司的办公室白领,这从她的着装上不难判断。她没有带包,这说明她是利用公司午间休息的时段溜出来的,这也表明她不是专程来商业区逛街的;她的手上没有遮阳伞,这不太符合女人的心理,西海的太阳在这个夏天表现得很毒辣,女人出门时总免不了带一把遮阳伞,这个信息可以说明她步行的距离并不远,她的身后就是一条宽阔的横向马路,她应该是乘坐出租车来到这里的,这一判断夏雪可以从她所观看的视频中得到印证,这个女人打完电话之后就是转身冲着马路方向走的。打这种匿名电话应该不会选择在公司附近,这里是商业区,人声鼎沸,鱼龙混杂,是防人耳目的最佳场所。

夏雪像个侦探一样推理着,希望能从杂乱无章的线团中揪出一个线头

来。但她苦苦思索了老半天，只得出一个肤浅的结论：这个女人是西海的白领上班族。

这个结论根本没什么用处！

不过她并不气馁，她突然从床上翻身而起，好像想到了什么。

她拿起手机，快速拨打了电话查询台。她查询到了西海市公安局人口管理处户籍管理部门的电话。在向户籍管理的工作人员咨询了几分钟之后，夏雪依然是满脸的茫然。公安局的工作人员告诉她，要想进行人口查询就必须清楚对方的姓，或者名，单凭几张不十分清晰的照片，根本无法进行电脑检索。

这一刻，夏雪有些垂头丧气了，她像一只泄了气的皮球，有气无力地将自己摔回到了床上。她再次拿起了床单上的照片，瞪大眼睛审视着，巴不得自己拥有某种神奇的特异功能，眼神能穿透这张薄薄的照片，看到一个奇妙的汉字世界，这些汉字能智能地进行自我组合，直到组合出对方的名字来。

夏雪又想到了一个办法，不过这个念头只在脑海里闪烁了几秒钟就被自己否决掉了。她竟然想到了去《西海晚报》上刊登寻人启事！她否掉了这种大张旗鼓的方式，毕竟她所有的调查工作都是秘密进行的，不太适合如此公开化。再说了，她并不知道对方的名字，难道她要花钱刊登广告寻找一位曾擦肩而过的路人吗？这听起来似乎不太靠谱。而且这照片也不是规范的一寸免冠照啊，一看就是偷拍作品，一经刊登，说不定还能一石激起千层浪呢。西海这个地方可不大，发生在偏僻小胡同里的苟且之事都能被口头传播得人尽皆知。

她脑袋都想破了，实在是想不出什么万全之策来，费尽周折弄来的照片竟然变成了几张没用的废纸，这让她很懊恼。

她决定不再想它，在简单地收拾了一下自己之后，她下了楼，在万龙大酒店的大厅里转悠了几分钟，然后在大厅咖啡吧里找了个舒适的位置坐下，竖起耳朵来偷听各类小道消息。她觉得在这个关键的时刻，万龙大酒店的大堂

一定是一处绝佳的信息集散地。

夏雪在咖啡厅里的收获并不大,旁边一桌的记者同行在兴致盎然地聊西海的天气,属于真正意义上的"聊天"。他们偶尔也会蹦出几个跟听证会相关的词汇,比如:作秀,魏大同,听证代表等。一个叼着香烟的男记者觉得此次听证会改革的最大赢家可能就是黄明朗,简直是非他莫属。另一个戴着黑框眼镜的男记者对此不以为然,他觉得魏大同才是最大的赢家,灯塔街的房子是肯定会被拆的,这一切只不过是一个走形式的过场而已。没有人认为灯塔街的人是赢家,土地是国有的,灯塔街的改造是西海市政府力推的项目,是政府在代表国家征地。

他们还愤愤不平地讨伐了一下土地制度,痛快淋漓地谩骂了一顿那些依靠卖地来获取地方财政收入的市政府,一个女记者还煞有其事地担心起自己刚买的房子在 70 年产权到期之后该怎么办来,从她严肃的表情来看,她对自己再活 70 年这件事非常有信心,而她的样子看起来现在应该是 30 岁出头了。

很多记者的新闻理想都集中表现在那张嘴上,他们的口述往往要比写在新闻纸上的文章精彩百倍,对于"口诛笔伐"这样的形式,新闻记者们更擅长前者。过嘴瘾的时候,他们往往是情绪激动的,下笔的时候他们是冷静的。当然,同样作为一名记者,夏雪很理解他们。

通过偷听这样的闲谈,夏雪感觉这些记者并没有接到过匿名电话,他们应该压根不知道同联公司私下接触听证代表的事。一想到这里,夏雪心里更加迫切地希望自己能找到那个女人来,那将是多好的一篇新闻啊!

她用一小口咖啡咽下了刚刚在嘴里咀嚼的坚果,突然感到有一些骄傲。那个女人为什么偏偏选择给自己打电话呢?这说明自己所工作的报纸值得信赖,夏雪这个记者也值得信赖!她觉得自己完全有资格得意一下。唯一美中不足的就是她现在找不到那个女人,这使得她的那种得意打了一个大大的折扣。

她有些失落地抬起头来，突然看到了一个背影，这是一个女人的背影，一头长长的头发披在肩上，她穿着一双高跟鞋，无论是从走路的姿势，还是从这人的身段上看，这个背影都像极了照片上的那个女人。她刚刚离开酒店的旋转大门，冲着电梯的方向走去。

夏雪好像被电到了一样，从座位上蹦了起来，快速地把50元钱拍放在服务吧台上，不等服务员找给她零钱，就嗖的一声，像一只欢快的兔子一样朝着逐渐消失的长发背影急奔而去。

三

程为又开始玩飞镖了！这一次他玩得并不轻松，他满脸的怒容，每一次都使足了力气，恶狠狠地掷出手中的飞镖，都是八环开外的成绩。

他有些心浮气躁，感觉靶心总是在眼前晃动似的。

罗威就躺坐在沙发上，劝程为别玩了，赶紧商量一下眼前这件要紧的事情该如何处理。他在小黑那里略施小计便成功地找出了跟踪、偷拍程为的幕后指使人，他所带回来的这个消息使程为怒火中烧，心底冒出一种按捺不住的杀气。

可眼前正是最为关键的时刻，明天就要举行盼望已久的拆迁听证会了，如果这个时候去找魏大同质问此事的来龙去脉，无异于自乱军心。这件事属于典型的"内讧"，程为需要经过认真的利弊权衡之后才能够作出一个决定来。

但这件事实在是可气，他有点不太相信这事是魏大同干的，这不太符合魏大同的性格。不过就现在看来，魏大同的嫌疑最大！据小黑的交代，雇用他偷拍程为的人就是同联地产的律师徐广利！在程为眼里，这两个人是"一伙的"，自己才是同联地产的"外人"。

程为细细地回忆了几天前在魏大同办公室里就此事对质的场景，他想到了徐广利那张不依不饶的脸，想到了魏大同的沉默不语。这会不会是一场事

先彩排好的戏呢？一个扮演红脸，一个扮演白脸，合起伙来试探程为的忠心。

如果是这样的话，那这个干巴巴的老头也未免太可怕了！程为只觉得自己的背上在冒汗，是冷汗。他突然意识到这个世界上最为凶猛可怕动物当属人类了，反正绝不是他在西海野生动物园里观看的鳄鱼。

"老大你现在就去找魏大同这老小子，看看他怎么说，太不是东西了，他妈的！"罗威见程为停止了飞镖游戏，气不打一处来地说道，脏话都从嘴里冒了出来。

"这事肯定是要找他要个说法的，但现在合适吗？明天就是听证会了！"程为刚才把怨气都撒在了飞镖靶子上，现在倒心平气和了不少。

"没什么不合适的，大不了这单生意我们不做了，让魏大同明天亲自听证去。"

"你觉得这件事真的是魏大同干的？会不会是徐广利那小子背着魏大同使的坏呢？"

"依我看，这事八成是他们俩串通一气干的，没有魏大同的认可，徐广利有这么大胆量吗？一定是商量好的！"

"这么做魏大同也没什么好处啊，对付这种案子，我敢说在西海没有比我厉害的人了，我们才是帮助他魏大同赢得这场听证会的最佳人选。"程为始终还是不愿意相信魏大同能干出这样的蠢事来。

"同联公司的人不都说魏大同为了这次听证会有些神经过敏了吗，他太想漂漂亮亮地赢了，想通过这件事来扭转他丑陋的形象，所以他多个心眼也不难解释。"罗威分析道。

"我看这事极有可能是徐广利干的，他一直就很排斥我，跟我说话的时候总是阴阳怪气，你说他会不会因为我们在魏大同那里抢了他的风头，所以想赶走我们？我看这种动机还是很说得过去的，以前魏大同碰到这种事情可都是徐广利全权负责的。"

"我们现在就不管这事是魏大同干的，还是徐广利背着他干的，都得去问

第九章

135

个明白,反正在这件事上,我们不理亏! 要是能让他们觉得自己这事办得理亏了,这倒对接下来的合作有利。"罗威执意劝说程为去找魏大同当面说个清楚。

"那我现在就去找他?"经罗威这么一说,程为也突然意识到现在去将魏大同一军,倒不是什么坏事。

"去! 当然要去! 就算这事就是徐广利一个人干的,我们也正好趁这个机会干掉他,他不是一直看你不顺眼吗,我们就干脆让他下岗,至少能让他在魏大同那里坐一阵子冷板凳,哪凉快哪呆着去!"罗威说话的时候还用手做了一个"干掉"的动作,好像他斜着挥出去的巴掌就是一把锋利的刀,直接割断了徐广利的喉咙一样。

程为并没有急匆匆地去找魏大同,他在办公室里慢悠悠地吃完了工作午餐,一边吃饭一边寻思着下午怎样对付老奸巨猾的魏大同。他下午需要仔细地拿捏住分寸,既要把话带到,又不能不给魏大同一个台阶下,他不想自己以一种兴师问罪的姿态出现在魏大同的办公室里,就当这一切都是看在钱的面子上吧! 魏大同毕竟是自己的大客户,小不忍则会乱大谋。

对于程为的到访,魏大同并不感到意外,明天就要举行听证会了,他觉得自己是应该见一见程为的,大战将至之时,飞将军李广还亲自为士兵受伤的病腿舔脓呢,魏大同觉得自己很有必要跟程为说一番语重心长的话,鼓舞一下士气。

从进魏大同的办公室开始,程为就始终没有笑过,他紧锁着眉头,一副败军之将的模样。

魏大同倒是一脸的高兴,他热情地指着茶几上的新鲜水果叫程为尝一尝,说是朋友刚从泰国带回来的,他还破天荒地递给了程为一支香烟。魏大同已经戒了烟,但他的屋子里总是存放着各种好烟。

程为没有动那些海外水果,他接过了魏大同的烟。他一直以来都有一个感性的认识,觉得在商业伙伴面前咀嚼零食会大大损害客户对自己的能力评

价,为此他几乎没有跟魏大同一起吃过饭。他是专业人士,是处理棘手问题的专家,没有必要把自己生活的一面展现给客户。不食人间烟火的人往往就是神仙了,而神仙是无所不能的。

"放松点,小程!我们做了那么多工作,明天一定没有问题的!"魏大同见程为面色凝重,特意鼓舞道。他觉得自己就是军队的统帅,必须得在出师征战之前把革命的乐观精神传递给将军。

"我很放松啊魏总,明天的听证会你就把心放在肚子里吧!"

"哦,那就好,那就好!我看你好像没什么精神哈!打起精神来!"

"我找到那个跟踪偷拍我的人了!"

"哦!是吗?是谁干的?"

程为特意观察了一下魏大同听到这句话时的反应,没觉察出什么异常来!魏大同正拿着一根牙签,吃着果盘里秘书给他切成一片片的水果,脸上只是流露出好奇的表情,这种表情很正常。

"是本市一家摄影工作室的摄影师干的!"

"哦?那他为什么要这么干?应该是受什么人指使吧!"魏大同将一片水果送进嘴里,慢慢地嚼着,含糊不清地问道。

魏大同还是一如既往地镇定!程为用眼神瞟了他一眼。

"是的,他是被人花钱雇佣的!"程为伸长了胳膊,把烟灰缸往自己身边挪了挪,说道。魏大同办公室里的茶几很大,沙发与茶几之间还有一些距离,而且魏大同不吸烟,烟灰缸被秘书摆放在了茶几的正中央位置。

"是谁啊?是那个叫乔良的人吗?"魏大同扔掉了手里的牙签,扯出一张纸巾擦了擦手,问道。

"不是他干的!他还不会这种手段,要是他也学会了这些玩意儿,那还真不好对付了!"程为不急着说出徐广利的名字。

"我还以为是他导演的离间计呢!不过就算是他干的也没关系,我们不是没上当嘛!"

"其实这个人你也认识的,我很惊讶他会干出这种事来,也很愤怒!"

"我认识?到底谁啊?"魏大同的脸色这时候开始起变化了!他警觉地追问道。

"是徐律师!"

"徐广利!他脑子进水了!敢背着我干出这种事来,这不是窝里斗吗?我这就把他叫过来!"魏大同火了,急着要起身叫秘书进来。

如果这是魏大同在表演的话,那这演技也算是炉火纯青了!程为心里想道,同时也感到些许安慰。看来这事还真不是魏大同干的。

"先别叫他来了吧,你先听我把话说完。"

魏大同刚才微微站起来的身子又坐了回去。

"他主要是冲我来的,这您也知道的,他一直对我不太友好。魏总您一直以来都很信任我的,我很高兴您能这么信任我,不过您的这种信任可能让徐律师不太高兴了……"

"不高兴就能干这种事?我当时要是稍微不冷静,不就诱导我作出错误决定了吗?你所做的工作不就全白费了吗?我看他是鬼迷心窍了,狗胆包天!"魏大同真的生气了,脸红脖子粗的。

"如果他只是冲着我来的,倒没关系,这事不是过去了嘛,也没造成什么损失,我怕就怕在……"程为的声音越说越小,小到最后干脆就彻底打住了。

"怕什么?你说呀!"

"这也只是我的猜测,没有真凭实据的,还是算了吧!"

"说吧,就算是猜测也把它说出来,我自有判断!"

"你看啊,我们跟听证代表私下接触的事情简直是做得天衣无缝的,你说孟皓然是怎么听到风声的呢?还专程给你打过一个警告电话。会不会是徐律师他……"程为又把嘴边的话咽了回去。

四

夏雪还是没能追上那个可疑的背影！等她追到电梯处的时候,人已经不见了。她不知道那个留着长发的背影上的是哪部电梯,要去几楼。万龙大酒店有六部电梯,当时有四部电梯正在上升。万龙大酒店还是西海数一数二的高楼,足足有26层,它也是西海最好的酒店。

夏雪在电梯处等了足足有20多分钟,还是没有等到那个背影,她决定再次回到大堂咖啡厅里守株待兔。刚才服务员还没找她钱呢！

一小时过去了,两小时过去了,她眼睛都不敢眨地盯着大堂里的每一位客人,还是没有等到那个女人的出现！

难道酒店还有一处后门？或者说那个女人直接乘坐电梯去了地下一层的车库？但她刚才是从一楼大堂进门的啊,这表明她并没有把车停在地下车库！难道她是酒店的住户,回到房间里休息去了？或者这个女人根本就不是她所要寻找的人？她有照片,她认识那张脸,如果长发背影女人再次回到大堂的时候,夏雪应该能看到她的脸。

夏雪琢磨着每一种可能性来解释这个女人神秘消失的原因。

她一直等到将近下午4点,全然忘记了自己还没有用过午餐,如果不是肚子发出了声响,她是彻底忘记自己没有吃饭了。她现在不能离开大堂去觅食,她已经坐等了几个小时了,现在放弃的话将意味着前功尽弃。她要了一份配备咖啡的点心,随便填充了一下肚子。

夏雪白白浪费了一个下午,她一无所获！那个女人就如同在地球上蒸发掉了一样,再也没有出现过。夏雪觉得自己真是活见鬼了。

夏雪在万龙大酒店里充当了一个下午的盯梢侦探,无奈她一无所获。程为今天的收获却很大。

傍晚的时候,他接到了同联公司公关总监刘洋打来的电话,非常好奇地询问他下午在魏大同的办公室里说了些什么。

从刘洋的电话里程为了解到，在他离开之后，魏大同便把徐广利叫进了办公室，魏大同怒吼的声音传遍了整个同联公司的大楼，所有的人都在猜测里面究竟发生了什么。

徐广利被魏大同足足训斥了一个多小时，离开魏大同办公室的时候像一只打了霜的茄子，耷拉着一张苦脸，平日里那种趾高气扬的神态一丝也看不到了，跟换了个人似的。

刘洋后来从法务部的人那里听说，徐广利当天下午就离开了西海，据说是回同治市了。他是被魏大同赶回去的。十有八九是被同联公司扫地出门了。

这个消息让程为很是欢欣鼓舞，心里跟拔除了眼中钉和肉中刺一样痛快。徐广利的存在与否，事实上并不影响程为明天在听证会上的正常发挥，它只是严重影响了程为的心情，他原先并没有太把徐广利这号人物放在眼里，其结果是冷不丁地被对方叮咬了一口。程为是一个极为自负的人，他有仇必报，自认为能够伤害到自己的人还没有出生，至少在西海还没有。

他很感谢刘洋所带给自己的好消息，借题发挥地要请刘洋吃晚饭。刘洋说自己忙得都不知道东南西北，哪有时间出去吃饭，她叫程为先把这顿饭留着，等明天听证会结束的时候，这顿饭就变成庆功酒了。这话程为很爱听，刘洋说的每一句话他都爱听。

这是一个关键的夜晚，仿佛全西海的人都瞪大着眼睛等待着天明似的，至少程为是这么认为的，他期待着明天自己的表演，那一定是一场精彩绝伦的演说。就在明天，一场早被渲染得轰轰烈烈的听证会就要揭开它的序幕了！它吸引着西海和西海之外的目光，好像是一个新的历史起点一样。

乔良这个晚上回家很晚，他在灯塔街呆到 11 点多钟，跟灯塔街的人像文艺汇演彩排似的沟通着每一个细节，对自己明天的辩论方案做了最后一次完善。他有一张从未跟外人说起过的王牌，这张王牌就搁在他随身携带的资料包里，当他拿到这张王牌的时候，在心里就对它的威力做过评估，绝对是重量

级的撒手锏!

他现在跟程为一样,觉得自己能赢,至少他会给魏大同一点颜色瞧瞧,他手里的那张王牌可够魏大同喝一壶的了!

乔良在凌晨的时候才回到自己居住的小区,他原本计划是要干一个通宵的,但灯塔街的人早就困了,特别是孙大伟和孙树贵两人,他们不停地打着哈欠,一副被瞌睡虫勾走了魂魄的样子。孙研叫他还是早点回去休息,养足了精神明天好上战场。乔良也惦记着回家洗个澡,明天出席听证会的时候得换一套像样的衣服。他总是很在意自己的形象。

小区里很安静,只有几只猫还在溜达,看来西海的市民们并没有瞪大着眼睛去等待明天的听证会。凌晨也该是睡觉的时候了!西海的夜生活可没有大都市里那么漫长。

乔良按了一下电梯的按钮,电梯从地下一层升了上来。他住在9楼。

电梯门缓缓打开的时候,他看到了一个人,一个身材魁梧的男人,这个男人像一根木桩似的站在电梯间的角落里,脸上没有任何的表情。

乔良并不在意这个男人的存在,电梯就是用来载人的!他一步就迈进了电梯,迅速地按下了"9"字。被乔良按过的"9"字像一只扔进开水的螃蟹一样,立刻就变红了。

他觉得有些不对劲!为什么这间电梯的楼层控制键盘上只有自己按下的"9"呢?那身后这位高大的男人要去几楼呢?如果这个强壮的男人也要去9楼的话,那他为什么不先按下"9"呢,他可是比乔良先上电梯的,当电梯门打开在乔良面前时,这个人就已经站在里面了!这一点乔良记得清清楚楚。

电梯在缓慢地上升着,乔良始终没有回头看一眼身后的那个男人。铮亮发光的电梯金属门上映射着那个男人的影子,是一个变了形的影子。乔良能看清楚他满脸的横肉,鼻子很大,典型的酒糟鼻,脸上有些坑洼,头发是刚理过不久的板寸,穿一件黑色的圆领T恤,他的脖子很粗,也很短。

站在乔良身后的男人像一个死人一样。自打乔良进去之后就没发觉他

动过,乔良也没听到他的呼吸声,根据乔良以往的经验,这种体型的人,呼吸声应该很重的。

6楼,7楼,8楼,那个人还是没有下去!莫非他真的也去9楼?乔良寻思着。

这也不对啊!9楼总共就住着4户人家,乔良搬到这里也有一些时日了,他认识9楼所有的住户。

9楼到了!乔良快步走出了电梯。他感觉到身后的木桩子终于移动了,乔良从身后的脚步声判断,那个人是朝着904方向走去的,刚好跟自己方向相反。

随后他又听到了掏钥匙的声音,"嘭"的一声,门关上了!虚惊一场!

这个晚上,乔良总是感觉到楼道里有些异动,搞得自己一晚都没有睡好。

第十章

一

就算把所有闭上眼睛的时间加起来，乔良也就睡了一个多钟头的样子，他睁着眼睛躺在床上，满脑子都在预想着听证会的情景，还有卧床的父亲和他日思夜想的"妞妞"。

凌晨 6 点半的时候，乔良倒是觉得困极了。如果没有今天这场听证会，他一定会一不留神便沉睡过去，他感觉到自己的上眼皮和下眼皮在很有默契地碰撞着。他强打起精神，猛地一个起身，尽力驱赶着疲倦。

他 7 点 40 分出的门，在小区里溜达了一圈，然后鬼使神差地去了一趟小区管委会，他想去打听一下四号楼的 904，或者是 903 有没有搬进新的租户。他突然又想起昨天晚上在电梯里碰到的那个奇怪的男人了。

负责小区出租房屋登记管理的是一位 50 多岁的女人，她热情地接待了

今天到访的第一位客人，她认真地翻阅着一本类似花名册一样的本子，不一会儿就找到了标注有"四号楼"的那一页。

她告诉乔良，五天前904住进了一位新租户，从登记册上填写的信息看，住户是一名男子，41岁，登记的名字叫"薛大印"。除此之外，50多岁的女人还向乔良散布了一些小道消息，说904的房东是支付了违约金才把原先的租户赶走的，为此还发生了一些争执。这个女人有些愤愤不平地说那房东见利忘义，不讲诚信，选择违约的主要原因就是新租户薛大印出了高价钱。乔良认识904原来的租户，那是一对小夫妻，平日在电梯里碰到时彼此间还会客气地打一个招呼。

乔良离开小区之后打了一辆出租车，去灯塔街接上了孙研，一起草草地吃了个早餐。他们俩到达万龙大酒店的时候还不到9点钟。乔良不太明白孟皓然为什么要将听证会的时间定在上午10点。

孙研今天的着装很正式，一身职业打扮，这是她为大学毕业求职面试时预备的服装，没想到今天派上了用场，孙研说自己也就只有这么一套正装了。乔良说她今天很像一名律师助理，恭维了几句。

孙研的"大尾巴"高博本来也是要来的，但本次听证会的现场出入都将会受到严格的限制，不允许闲杂人等任意进出。对此高博很是失望，没想到自己作为远道而来的北京客人，在西海这座小城市里竟然成了"闲杂人"。不过他也没打算闲着，早就计划好了背一部相机到灯塔街随处逛逛，来西海的这几天里，他光是给那棵巨大的老樟树就拍了几百张照片，比孙大伟画的次数还要多。

二楼的听证厅还没有开门，大厅里云集了一簇簇人群，像一个盛大的派对。这些人都不是闲杂人，他们大多是参加听证会的代表、旁听代表，以及媒体记者。电视台的记者已经在大厅里架起了机器，女主持人手拿着话筒，面对着镜头，绘声绘色地介绍着这场空前的听证会。大堂咖啡吧的生意从来没有这么好过，服务员不得不从别处搬来一些椅子来容纳客人。乔良和孙研就

坐在咖啡吧的一个角落里,在听证会开始以前,乔良还不是主角。

熙熙攘攘的人群中,有一个人正在东张西望地找人,她就是夏雪,她已经在这家酒店住了一个星期了,她熟悉这里的每一个角落。

她在找乔良。上一次听证双方在这里选择听证代表的时候,夏雪就见过乔良,只不过那个时候她对魏大同的代理人程为更有兴趣。在西海逗留的这些天里,她除了努力地打听和寻找听证会黑幕的线索,也找过乔良,但每一次通话乔良都会婉言拒绝她见面的要求。而此刻他就在人群当中。夏雪很相信自己的判断。

她先把大堂里随处站着的人搜索了一遍,现在轮到大堂咖啡厅了。

她突然眼前一亮,发现了躲在角落里的乔良,她像走迷宫似的绕过咖啡厅里错落无序的椅子,不一会儿就出现在了乔良的面前。

她冲着乔良微笑,大方地伸出一只手来发出握手的邀请,并快速地作了自我介绍。打完招呼之后她立刻意识到这里根本没有多余的座位,自己总不可能一直站在乔良的身边采访吧!她把眼神投向了坐在乔良对面的孙研,她盯上了孙研的位置。

孙研知趣地说自己要去趟洗手间,把位置留给了夏雪。乔良倒是希望孙研的屁股能一直粘在椅子上。

“我在媒体上从未听到过你的声音,你也一直拒绝与我见面聊聊,你就真的没什么可说的吗?”夏雪的屁股刚碰到椅子,便抓紧时间开了个头。

“真的没什么好说的!”乔良微笑着说,笑起来有些腼腆。

眼尖的服务员见座位上换了客人,赶忙抓紧时间走过来推销咖啡,夏雪头都没抬地拒绝了,她可不是跑过来喝咖啡的。再说昨天下午她已经在这里喝了一下午咖啡了。

服务员有些失望地走开了,白白浪费了一个黄金位置。若是按照咖啡厅门口竖着的牌子,这里可是酒店的消费区,不是供人在这里闲坐的,只不过这里只有两把椅子,而且乔良和孙研已经点过两杯咖啡了,服务员也识趣地没

多说什么。

"我听说你只收了一块钱的代理费,能说说为什么吗?"

"我的当事人都没什么钱,我做这件事不是为了钱。"

"那是为了什么?"

"做事一定要为了钱才正常吗?不为了钱就不正常了?"乔良不正面回答,反问道。

"你为什么不提出让孟皓然回避?我相信你应该知道他与同联公司的代理人是同学关系。"夏雪换了一个问题问道。

"这个西海人都知道,孟皓然不是一个徇私枉法的人。"

"你有听说过同联公司方在私下接触听证代表吗?"

"我们学法的人凡事都以证据为准!"

"你的意思是说你听说过这件事?"

乔良以沉默回答。

"你觉得你能赢吗?"

"不知道,但我会尽力去赢!"

"我听说你跟魏大同有私仇,你这次只收取一块钱代理费来出任灯塔街方的代理人是为了报仇?"

"又是传言?你去哪里听了这么多传言?"乔良抬头看了看咖啡厅的入口处,他希望孙研能尽快回来,把眼前这个听了一肚子风言风语的记者赶走。

"很多传言往往其实就是未被证实的真相!"

"那你可以去证实它!记者应该不是一份听风就是雨的工作吧!"

"我会去证实的!"

"我觉得你对听证会的报道走偏了,你应该多关注政府改革对民意的影响,关注一下灯塔街那些快要流落街头的市民,关注一下房地产拆迁背后的腐败,而不是关注我这个普通的代理人!"乔良有些激动,他没想到自己在与程为较量之前还有这么一次辩论预热。

"我只是好奇,不好奇的记者不是一个好记者!"

夏雪说的是实话,从她在西海第一次接到匿名电话开始,她猎奇的心理就被彻底激活了,特别是今天早上发生的事情更加重了这种好奇心。今天早上起床之后一打开房门,她便发现地板上有一张小纸条,上面歪歪扭扭地写着:"灯塔街代理人乔良仇视地产商,对同联公司有仇恨,要借听证会报私仇!"

二

听证会大厅在酒店二楼最大的一间会议室里,会议室的最里侧摆放着一张足足能容纳20人的椭圆形会议桌,桌面上摆放着写有名字的桌牌,这张大会议桌是供听证会主持人、书记员、听证代表、听证双方代理人专用的。

观众席分为两列,一列是媒体席,另一列是30名旁听代表。

时间已经到了上午9点50分,椭圆形会议桌上的主角们已经纷纷到齐。程为与乔良之间的距离最远,分别坐在椭圆桌的两端,遥遥相望;椭圆桌大肚子背对着观众席的一边稀稀拉拉地坐着五个人,他们分别是主持人孟皓然,书记员侯晓晴,同治政法大学的高望厚和西海市人民法院副院长古春华,还有一名是西海市城市房屋拆迁管理办公室委派的一名列席代表,这是一个40出头的男人,他跟前的桌牌上没有写他的名字,而是写着单位的名称——西海市城市房屋拆迁管理办公室,这是本次听证会中唯一的机构参与者,他是受周韶冲的指派来参加听证会的,他与书记员坐在孟皓然的左侧。周韶冲本人没有出席听证会,他不想充当孟皓然的配角。古春华与高望厚两人是作为本次听证会的程序监督员列席听证会的,孟皓然这么做的目的是为了及时纠正听证程序当中的不妥之处。高望厚与古春华坐在孟皓然的右侧;椭圆桌大肚子的另一边满满当当地坐着11名听证代表,他们正对着媒体和旁听代表,接受着数十人的注目礼。这也是孟皓然的特意安排,他不希望听证代表们用背对着下面的观众,他们投票的时候一定要接受火辣辣的目光监督。

孙仲山坐在 11 名听证代表的正当中,他穿了一件深色短袖衬衣,看上去像刚刚理过发,显得很有精神,他的左侧坐着孙大伟,右侧坐着孙树贵。孙大伟穿着一件花格子衬衣,此刻正拿着一支会场准备的铅笔在一张白纸上涂鸦着,孙树贵穿了一件干净的带领 Polo 衫,原先脸上乱糟糟的胡子刮得干干净净——他从未如此整洁干净过。

市政协委员黄依一和西海市科技大学教授、市人大代表袁国平分别坐在听证代表队伍的两端,黄依一挨着乔良,袁国平紧挨着程为。在孟皓然的意识里,这两名指定代表没有那 9 名公选代表重要,故被安排了一个"靠边站"的位置。黄依一没有化妆,一脸的真容把憔悴暴露无遗,她穿了一件十分宽大的黑色上衣,衣服的正面绣着一幅图腾模样的画;袁国平打了领带,衬衣是黄白色的,有细细的条纹,他给学生上课的时候也喜欢这样正装上台,不过他今天看上去也没什么精神。

10 点钟的时候,原本吵吵闹闹的会场很自觉地安静了下来。此时书记员侯晓晴开始宣读听证会的会场纪律,她手拿着一张纸稿,面无表情照本宣科地一字一句地念着。她花了三分钟时间才把会场纪律读完,接着开始询问和核对 11 名听证代表的身份,每一名被点到名的代表都必须站起身来向大家出示身份证件。这是一个少有的仪式,当代表们站起身来手拿着身份证向在场人员展示时,摄影记者们的闪光灯便毫无吝啬地照耀在他们身上。

在对 11 名代表验明正身之后,孟皓然开始宣讲听证双方以及代表们的权利和义务,他还专门对高望厚和古春华作了隆重介绍,强调了这两位重要人物对本次听证会将要起到的作用,房屋拆迁管理办公室的列席代表被孟皓然一笔带过地作了介绍,就算是周韶冲本人参加,他也没打算浓墨重彩地介绍。这名代表叫乌宝镇,是拆迁办的一名副主任。

孟皓然在发言的最后,宣布了一项重要的决定,他的话音还没有落,现场便出现了骚动,特别是那 11 名听证代表。

他宣布本次听证会将会历时一天半,明天上午才是最后的投票环节,所

有 11 名代表从现在开始不得与外界接触,要一律关停随身携带的手机,晚上会被统一安排在酒店 3 楼留宿,一个人一个房间,晚上不得阅读新闻报纸,也不得收看电视,房间里的电话线和闭路电视线都将拔掉,而且听证代表之间不得相互讨论跟本次听证有关的话题,所有餐饮由市政府统一安排,每人将获得 150 元的误工补贴。

"丰田男"曹子鸣的反对声音最大,他是《西海晚报》广告部的副主任,他已经安排好了明天省城出差的计划,他去省城拜会的可是一位大客户,谈的是上百万的广告投放,孟皓然的安排无疑把他的计划全给打乱了,别说是 150元的补贴了,就算是给 15000 元,曹子鸣都不会心动。他今天穿了一件蓝色的 Puma 衫,胸前那只白色的美洲豹差点就蹦了出来,直扑孟皓然而去。

黄依一也很不情愿在这里耗费一天半的时间,她原本以为自己就是过来投一个票,中午便可以解放了。再说了,她根本就不愿意当这个听证代表。

最沉得住气的要数"听证专业户"刘敏坤了,他是《西海晚报》盛赞过的"民意代表",就算是让他在万龙大酒店住上一个月他都不会介意的。他以前还真是从未住过这么好的酒店。他今天穿了一件白得发亮的长袖衬衣,昨晚就特意叫老伴给熨平整了,他把衬衣最上面的一颗纽扣都给扣严实了,好像他并不怕热!

孙仲山一动不动地端坐着,他是孟皓然的支持者,他倒是不在乎那 150块钱,他觉得孟皓然这么做能够有效地防止魏大同搞小动作,显然是对灯塔街有利。一向咋咋呼呼的孙大伟这次也不闹腾了,孙仲山没有动,他就没必要动,他光棍一条,毫无牵挂,能在这星级酒店里吃上几顿饭,再住上一宿,这对他并无损失。孙树贵也没有动,他正一口一口地喝着桌子上摆放着的免费矿泉水,享受着这中央空调里送出来的凉风,别提有多惬意了。

孟皓然不是个专制的人,他接着解释说如果谁真有十万火急的事情,可以放弃听证资格,听证会可以立刻从旁听的 30 名代表中找出替补代表来,反正听证双方的代理人都在现场坐着,按照原先的程序选出几个代表来也就是

几十分钟的事。孟皓然才不会担心差几个听证代表呢，他对此从未担忧过。

孟皓然此话一出，现场倒安静了，就连闹得最凶的曹子鸣也没了声响，其实谁也不愿意在众目睽睽下不负责任地走掉，这些人都是自愿报名参加听证会的，都有着很强的公共事务参与意识。更重要的是，那些有把柄在程为的手里的，要是"不负责任"地离开听证会，后果是不堪想象的。

代表们顷刻变沉默倒是让程为大松了一口气，他千算万算都没有算到这样的变数，他刚听到孟皓然说代表们可以自愿放弃资格时，脑袋顿时嗡地响了一下，他也不太清楚他手里的那些所谓"把柄"是否真有100%的约束力。

在酒店一间套房里观看监控实况的魏大同也被这样的变数吓了一大跳，这样的突发性事件险些让所有的先前工作付之流水。陪同魏大同观看实况的是刘洋，还有一个是法务部的"二把手"江月，徐广利被驱赶回同治之后，江月的位置实际上升了一格。周敏慧也呆在这间屋子里，当她看到"丰田男"曹子鸣站起来说话的时候，内心顿时强烈地纠结了一下，这可是当初关起门来挑选代表时她第一个相中的种子选手。而且对曹子鸣的"把柄"，她目前还不清楚到底有多大分量，他只是通过朋友的一家广告公司过账，谋取了报社一小笔广告款而已！周敏慧以前也干过两年的广告销售，她明白这个行业是怎么回事，可罗威非得有板有眼地说曹子鸣已经构成了《刑法》里的"职务侵占"，真的有这么严重么？

三

孟皓然的发言还在继续，他演说的功力要比书记员强上一百倍，每一次的停顿、语调的抑扬顿挫都应用得恰到好处，一看就是位训练有素的演说家。在场的人都被孟皓然的声音吸引住了，每一个人都竖起了耳朵，认真地倾听着，就连一直都心不在焉的孙大伟也停止了在纸上涂鸦，把铅笔放在了一边。他已经画完一棵树了。

现场再次出现了骚动。孟皓然神情严肃地问在场的11名听证代表：这

些天有没有陌生人找过他们？有没有什么亲戚朋友带有倾向性地与他们讨论过听证会？听证双方有没有工作人员找过他们？有没有受到威胁或恐吓？有没有人试图收买他们？

程为的脸色并没有发生多大的变化，他能明显地感觉到乔良正盯着自己。他可是个不露声色的老手。

听证代表们面面相觑地你看看我，我看看你，然后再看看孟皓然，他们机械地扭动着脖子，没一个人吭声。

孙大伟缓缓地举起了手，他好像有话要说。

记者们兴奋地看着孙大伟高高举起的手臂，像观看升旗仪式一样虔诚。他们每一个人都意识到：新闻来了！摄影记者们更是忙坏了，孙大伟瞬间就淹没在了闪光灯之下。

会议室门口的两名酒店保安也警觉起来，开始向室内挪动步子，提醒那些活蹦乱跳的摄影记者呆在指定的区域，不要越界。对于听证会现场的安保措施，黄明朗的意思是调动市里的警察来维持秩序，孟皓然没有采纳黄市长的提议，他觉得警察的出现除了把听证会现场的气氛搞得风声鹤唳之外，实在是没别的用处了。在没有出现危险的情况下，市民是不喜欢警察出现的。

孟皓然的心里也咯噔了一下，他不知道从孙大伟的嘴里会蹦出什么话来，会不会导致局面的更加混乱？

孙大伟站起来的时候，现场突然像被调到了"静音模式"一样安静。

"我们灯塔街的代表几乎每天都会跟乔律师接触，这个算不算？"孙大伟像一名小学生问老师问题一样的认真。

"这个不属于非正常接触！"孟皓然回答说。

"不过我借这个机会正好再次说明一下，关于这个问题我在上次的新闻发布会上已经解释过一次。我在本次听证会中特意安排了3名灯塔街的代表，对于这一安排，拆迁方还专门找我们协调过，认为这样做是不公平的。拆迁方认为这3名代表是这次拆迁的利益当事人，他们一定是反对拆迁的。但

在我看来,这样的安排是公平的,首先,正是因为灯塔街的人是利益当事人,就更不能把他们排除在外;其次,灯塔街的 3 名代表是按 5％的比例产生的,目前灯塔街还有 60 多户未拆迁户,我认为这个比例是公平的;最后,从拆迁的实践来看,并不是所有的利益当事人都会反对拆迁,如果这样的话,我们西海镇的旧城改造就不会只剩下现在的 60 多户了。"孟皓然进一步解释道。

"那拆迁方后来认同您的这一安排吗?"媒体席上的夏雪站起来问道,她的问题再次引发了一阵窃窃私语。

"我们服从政府这样的安排,没有意见!"说话的是程为。这是他现场加分的绝好机会,他知道这种大度的姿态是能给所有人留下良好印象的。就连监控室里的魏大同也觉得程为这个发言的时机很好,他不失时机地当着周敏慧的面夸奖了程为机灵。

夏雪也意识到自己刚刚给程为创造了一个绝佳的表演机会,她原本是想把问题抛给孟皓然的,她想知道像孟皓然这种口口声声都谈论民主法治的人,如何洗掉自己言行中的"非民主"痕迹。她想起了西方一位言必称民主的政治家所说过的一句话:我是最讲民主的,我要以民主建国,谁要是反对民主,我就把他抓起来,投到监狱里去!

她很喜欢这个政治冷笑话。但她没有继续追问,她可不想给程为制造太多的机会。

现场又安静了下来,孟皓然接着阐述本次听证会的议题,乌宝镇配合着孟皓然的发言,向大家出示了拆迁方同联地产公司向房屋拆迁行政管理部门提交的行政强制拆迁请求报告。

上午 11 点的时候,孟皓然的开局工作基本结束了,接下来便是听证双方代理人的陈述。第一个上场的是代表同联公司的程为。

程为跟前的笔记本电脑此时已经连接上了一台投影仪,投影屏在 11 名听证代表的身后,程为很有礼貌地邀请听证代表们转过身去观看投影。

屏幕上出现了一组组的照片,照片的内容全部是破败不堪的西海旧城,

当然也少不了灯塔街。斑驳老化的房屋外墙壁、脏乱的街道、无序的路边摊、汽车难以通行的道路……配合着这些照片,程为说西海旧城已经成了西海市的一块伤疤,严重地损害了西海的城市形象,也成了西海市现代城市化进程的绊脚石。

当然,同联地产公司是治愈这块"伤疤"的良医,在接下来的另一组照片里,程为向大家展示了旧城改造规划图以及同联新城建成后的效果图。同联新城的效果图做得很漂亮,完全不输给大都市里的中心商务区,宽阔的城市广场、时尚的人群、透明的玻璃幕墙、恰到好处的灯光、成排的绿荫小道,所有这些效果图跟第一组照片形成了鲜明的对比,仿佛是新旧两个社会的对比。

"我们需要一座什么样的城市?"程为把幻灯片停留在同联新城的效果图上,他扫视了一下在座的各位,发人深省地问道。

"我们为什么要拒绝一座现代化的美好城市呢?"程为再次向现场发问。

"我相信我们西海人,我们不是一群抱残守缺的顽固分子,我们都希望把自己的家园建设得更加美好,我相信在座的各位也是!"程为用极为煽情的语调说道。他把重音落在了三个"我们"之上,强调自己也是西海人中的一分子,他关心着这座城市的前途和命运。尽管他并不喜欢这座城市!

周敏慧在监控房间里为程为的精彩发言鼓起了掌,魏大同也被程为的发言所感染,觉得自己肩上建设西海的担子很沉重,也很神圣。但他并没有鼓掌喝彩,而是把法务部的江月叫到了跟前,用很低的声音吩咐了几句,江月随后便离开了房间。

程为还说了一箩筐富有激情的话,号召西海人"向前看"。几分钟之后,他换下了同联新城的效果图,取而代之的是一张房屋拆迁管理部门颁发给同联公司的"拆迁许可证"。程为特意给许可证上鲜红的公章做了突出效果处理,显得格外醒目。

"灯塔街项目的拆迁工作是严格按照现行拆迁政策组织实施的,拆迁补偿价格也是根据评估价格确定,同联地产公司所有拆迁资金也足额到位,我

们很疑惑,不理解像这样的依法拆迁为什么这么难!"程为很是突出"依法拆迁"这四个字,说话的时候有些咬文嚼字,像是要把这四个字咬碎了吞到肚子里去似的。

江月此时出现在了听证大厅里,她在得到了孟皓然的许可之后,走到了程为的身边,耳语了几句之后递给他一张小纸条。江月是同联公司法务部的核心成员,她有进出听证会现场的通行证。

从江月一进入听证大厅开始,就有一双眼睛始终没离开过她,这个死死盯着江月的人就是夏雪。她的侦探工作又要开始了!

四

整个会场就程为一个人在说话,他那饱含激情的话语通过麦克风的传送,从音箱里更富感染力地蹦了出来,诉说着同联地产公司的委屈。

他看了看江月带给自己的小纸条,上面写着魏大同的指示。魏大同要求他再强调一下同联公司所蒙受的经济损失。在程为的发言计划里,这个环节他原本是打算省略掉的,作为一家财大气粗的房地产公司,市民才不会在乎你的经济损失呢!往往是地产公司损失越大,听众越是欢欣鼓舞,就算同联公司现在宣布破产清算,听证会现场当中也找不出一个同情的人来,这就像停在路边的一辆豪华跑车被人砸了,一群过路人把车主围住了看热闹一样。他很疑惑魏大同怎么连这个浅显的道理都不明白。

魏大同只是想行使他的战场指挥权,从程为的发言来看,魏大同仿佛看到了胜利的曙光,对于这样的胜利,指挥官不可能不贡献一份关键的力量。他知道很多人在仇视自己,他甚至知道自己的绰号是"魏忠贤",但拆迁所拖延的时间给自己造成的损失实在是太大了,他觉得很有必要向大家露一下自己的伤口。

投影上被换上了一张同联公司办公大楼的照片,程为遵照了魏大同的指示,开始像祥林嫂一样列举同联公司的经济损失。对于那些损失的具体数

字,程为早就烂熟于心了,他已经不记得魏大同跟自己唠叨过多少遍了。

"同联地产是西海城市的建设者,是西海的客人,我们西海人应该拿出更为热情的待客之道来欢迎这位城市建设者! 而不是让它遍体鳞伤,满腹委屈!"程为大声地呼吁道。

魏大同很满意程为的现场发挥,他特别喜欢"遍体鳞伤"这个词。他激动得浑身痉挛了一下,像是刚被谁冷不丁地抽了一鞭子。"我确实感到很委屈!"他摊了摊手,对身边的周敏慧和刘洋说。

江月给程为送完信之后没有马上回指挥室,她在酒店二楼的电梯处被追出来的夏雪纠缠住了。

当夏雪看到江月的时候,她的脑子就跟过了电一样,她不假思索地尾随着江月走出了听证大厅——江月所穿的职业制服跟照片上的那个神秘女人的职业装几乎是一样的。夏雪曾无数次地观看过那些照片,与那个女人身上任何一个相类似的物件都足以引发她的浓厚兴趣。

江月的出现无疑给夏雪带来了新的线索。再说她也听腻了程为那种煽情的演说。

夏雪截住了正在等电梯的江月。

"你是程为公司的?"夏雪冒昧地问道。她是从坐得密密麻麻的媒体席上挤出来的,再加上刚才的一路小跑,她有点上气不接下气。

"不是! 您是?"江月被夏雪的突袭搞得有些紧张,她满脸疑惑地看着眼前这个奇怪的女人。

"那你是同联地产的?"

"您是谁?"

"哦,我是省报的记者夏雪!"

"您有什么事?"夏雪的记者身份使得江月提高了警惕。

电梯来了,江月的步子往电梯方向挪了两步,她可不想站在这里跟一个突如其来的省报记者继续聊下去。

第十章
155

"你是同联地产的吧!"夏雪可不想轻易错过这个机会,她紧跟了两步,说道。

"是的,可我不负责媒体接待! 我不是公关部的!"江月的脚步没有停下来的意思,她伸出一只手挡住了即将关上的电梯门。

"别误会,我不是要采访你,我是想跟你打听一个人!"夏雪已经从包里拿出了一张照片,递到了江月的眼前。"你认识这个女的吗,她也是同联地产的吧!"

江月探过头来瞟了一眼夏雪手里的照片,又盯着夏雪的眼睛看了看,说道:"不认识,同联地产很大的,员工很多!"江月说完便进了已经发出警告声的电梯,把夏雪留在了外面。

江月当然认识照片上的那个女人,同联地产还没有庞大到她所说的那个地步,她只是觉得夏雪的来意不善,便毫不犹豫地作了隐瞒。

夏雪并不失落,她从江月闪烁的眼神里读到了很多信息,她断定那个神秘的女人就是同联地产的员工,如果是这样的话,那这个女人岂不是传说中的"内鬼"! 一想到这里,夏雪告诉自己接下来的调查工作应该更加地隐蔽。她一边心里暗自盘算着,一边目不转睛地盯着电梯的楼层显示,江月所乘坐的电梯停在了 6 层。刚才电梯里只有江月一个人。

夏雪没有选择立刻返回听证大厅,她在二楼走廊的栏杆处站了一小会儿,重新梳理了一下思绪。站在二楼的护栏处可以俯视整个酒店大堂,大堂里此时仍然站着许多前来关注本次听证会的西海市民和很多没能进场的灯塔街人,他们三五成群地讨论着,耐心地等待着听证会的结束。他们现在应该还都不知道本次听证会要等到明天上午才会有最后的结果。

夏雪回到听证大厅的时候,上午的听证会已接近尾声,程为还在那里一个人没完没了地演说,看来灯塔街代理人的陈述要轮到下午了。

媒体席上的人已经明显少了许多,记者们对于程为冗长的表演明显缺乏了新鲜劲,几个摄影记者在听证大厅外围着一个垃圾桶抽烟,几名女记者靠

在栏杆上闲聊着。夏雪回到了自己的位置,她抬头看了看投影仪的大屏幕,还是那张同联公司办公大楼的照片,看来自己出去了一趟并没有错过些什么。

观众席上的几名旁听代表已经开始犯困了,一名穿着鳄鱼衫的男人与夏雪的目光刚好对视的时候,他还肆无忌惮地打了一个大大的哈欠。她还看到了坐在旁听代表当中的孙研,两人的目光也凑巧发生了碰撞,相视笑了一下。看来程为的发言让在座的人都有些心不在焉了。乔良是听众当中最为认真的一个,他一边听还一边记着笔记。夏雪左看一下程为,右看一下乔良,发现他们俩今天的穿着都像新郎官一样考究。

程为的发言陈述终于完了。11 名听证代表都如释重负似的开始挪动身子和屁股,他们在代理人发言的时候都必须保持一种认真的姿态,他们可都被几十双眼睛注视着呢!

孟皓然宣布上午的会议结束,他的声音就像老师嘴里的"下课"一样管用,现场立马开始热闹起来。乔良把上午做好的笔记放进桌子下面的资料包里,站起身来舒展了一下筋骨,他扭头寻找孙研的时候却意外地发现了一个身影,这个身影的出现让他倒吸了一口凉气。

第十一章

一

那个令乔良胆寒的身影就站在听证大厅的门口！他的目光也来不及刹车,刚好与乔良的目光发生了碰撞,然后便像交通肇事逃逸者一样一溜烟地跑了。

这种躲闪的眼神让乔良更加疑惑了。他为什么会出现在这里？他为什么不敢与自己对视？他跟这场听证会有什么关系？一连串的问题浮现在乔良的脑海里,这些问题也促使他加快了脚步,像猫见到了老鼠一样追赶了出去。

孙研觉得乔良简直是"鬼上身"了。她本来是冲着站起身来的乔良挥手的,没想到乔良全然没有理会自己的动作,"嗖"的一声就不见了踪影。他明明是看到自己了的！孙研对这一点很确信。

孙研也追了出去。她在二楼的走廊里看到了在一楼大堂里东张西望的乔良。乔良把人给跟丢了,他明明看到对方是下了楼梯的。

孙研急匆匆地下了楼,一会儿就走到了乔良的身后。乔良根本无视她的存在,眼睛仍然像一只探测器一样地搜寻着。孙研拍住了他的肩膀,把他吓得打了一个猛烈的激灵。

她问他在找谁,他并没有回应她的问话,只是嘴里不停地嘀咕着,像中了邪似的。

孙研拉着乔良往一楼的中餐厅走,一边走一边询问发生了什么事情。乔良总算恢复了正常,简短地把情况告诉了孙研。

刚才那个站在听证大厅门口的身影正是 904 房间的神秘租客薛大印。昨天深夜里乔良还在电梯里碰到过他,今天早上出门的时候乔良还特意去小区管委会打听过此人的情况。他跑到万龙大酒店来干什么呢?

薛大印的突然出现大大地损坏了乔良的胃口,他午餐吃得很少,整顿饭的时间里他都跟哲学家一样思考着。孙研觉得是乔良过于紧张了,这件事也许就是个巧合而已,薛大印只不过是来万龙大酒店办事罢了。孙研的兴趣落在了程为上午在听证会上的表现,她有些替乔良担忧了,程为绝对是一个强劲的对手,他的实战经验丰富,而且训练有素。孙研说如果自己不是灯塔街居民的话,她应该会被程为的演讲给说服的,她不清楚程为是去哪里找了那么些破败不堪的照片的,灯塔街没他说的那样脏、乱、差啊!

11 名听证代表的胃口都不错,孟皓然把他们关在一间房间里用餐,专门提供了一顿丰盛的自助式午餐,食物荤素搭配合理,有凉菜,热菜,还有一桶冬瓜排骨汤。饭后还有几样水果。美中不足的是这间用餐室的门口站着两名酒店保安,为了防止他们私下讨论听证会相关的话题,孟皓然安排了书记员侯晓晴跟他们一起用餐。

听证会的组织方在酒店的三楼为 11 名听证代表每人准备了一个房间,这 11 个房间在酒店的东侧,整个东侧的房间被一条警戒线隔离了起来,形成

了一个封闭的区域。代表们吃过午饭之后便被工作人员统一带进了这个区域,他们每人手里都拿到了一张房门卡。他们将在这里午休,而且今天晚上他们还将在这里过夜。侯晓晴的休息间就在东区最靠外的一个房间里,紧挨着警戒线,看起来像间门卫室。

房间里有电视,但很多频道都被封锁住了,只能看到几个有限的电视台,当然,听证代表们更收看不到跟西海、同治以及省里相关的所有电视台;每个房间都有几份报纸和几本杂志,这些读物都事先经过了审查,确保没有出现跟房地产拆迁有关的新闻;床头的电话是通的,但只能拨打酒店服务前台和侯晓晴的电话;代表们随身所携带的手机早在上午听证会现场就被统一收上去了,要等到听证会结束的时候才会发放给他们,如果有紧急事件需要与外界电话联系,需经过侯晓晴的同意,侯晓晴房间里的电话是畅通无阻的。

孙树贵对房间里的一切事物都充满了好奇,他大白天的打开了所有的灯,电视的声音也调得很大,他对报纸杂志都没什么兴趣,不一会儿他就发现了一个柜子里装有一台冰箱,他美滋滋地喝了几罐饮料,他觉得这些消费应该都是由孟皓然来埋单的。房间里并没有多少物件供他欣赏把玩,他也没有午休的习惯,他换了一双凉拖鞋,打算去孙大伟那里串串门,无奈刚走出房门就被工作人员制止了。

"丰田男"曹子鸣吵吵嚷嚷地要申请使用电话,最后获得了批准。他在侯晓晴的房间里接连拨打了几个电话,没完没了地安排外面的工作。黄依一和袁国平也分别随后申请了使用电话,他们俩的电话都很简短,一分钟都不到。黄依一推掉了一次工作约会,袁国平给系里打了电话,调了一下第二天的课程安排。侯晓晴对所有的对外电话都一一作了登记。

乔良整个中午都没有离开万龙大酒店,午饭之后他在酒店里继续寻找了薛大印一阵子,跑了好多楼层,然后便坐在了大堂咖啡吧里休息。找到薛大印又能怎么样呢?直接询问他来这里干什么?这些问题就连乔良自己都没有想清楚,他只是不由自主地寻找,或许他只是想看看这个薛大印跟什么人

在一起。

跟乔良一样没闲着的还有夏雪,整个中午她也在万龙大酒店里到处搜寻,她在找那个给自己打匿名电话的女人,凭直觉,这个女人就在这家酒店的某个房间里。因为照片上的女人穿着跟江月一样的职业制服,她无疑是同联地产的职员!

她把搜索的重点区域放在了酒店6层,她上午是眼睁睁地看着江月所乘坐的电梯去了6层的。她在6层的电梯口守株待兔了好一阵子,却始终没等到一个身穿同联地产制服的女职员,就连上午见到过的江月都没有再出现。但她等到了乔良,因为乔良也在满世界地找人。

夏雪与乔良在6楼的电梯口简单地聊了几句,夏雪说上午程为的表现还不错,下午要看乔良的好戏了,她还打探式地询问乔良有什么对策。作为一名见多识广的记者,她实在是想不出有什么高招来破解程为上午的演讲,当然除了打一打悲情牌,毕竟灯塔街的居民属于被拆迁的弱势群体。乔良避而不答,他转移话题,问夏雪来6楼做什么,夏雪直言不讳地说自己在找人,乔良说自己也在找人。两人总算是找到了共同点,顿时都觉得对方原来都没有想像中那般讨厌。

夏雪几次把手伸进了包里,然后又空着手伸了出来。她想掏出包里的照片来向乔良打听一下,看看他是否认识这个同联地产公司里的神秘"内鬼"。根据这个打匿名电话者的行为来看,她很明显是站在灯塔街那些被拆迁户一边的,也就是说这个人应该是与乔良站在一边的。但夏雪又不想如此轻率地打草惊蛇。如果照片上的女人与乔良根本就是一伙的,夏雪还能指望自己从他嘴里得到半句实话么?

乔良与夏雪在6楼的逗留还引起了酒店保安的注意,保安部在酒店的监控室里看到了他们俩不停地在酒店里穿梭。两个身穿制服的保安赶到了6楼,询问他们在干什么,有什么需要帮忙的。语气倒是透着客气和礼貌。

魏大同观看听证会现场的监控房间就在6楼,整套监控系统正是酒店保

安部门配合安装的,酒店方面自然不希望被人发现这件事情。他们认识夏雪,知道她是省报的记者。夏雪可是在万龙大酒店住了一个多星期的客人了;他们也认得出乔良来,知道他便是灯塔街的代理律师。而这两个人现在都出现在了魏大同所呆的6楼,这可不是个好兆头!

魏大同一直没有离开过那个房间,就连午餐都是酒店工作人员给送进去的。他是当地的名人,他那张老脸整天都在电视上晃来晃去,早已被西海市民所熟悉,而今天的万龙大酒店里逗留了很多敌视他的西海市民,还有大量的新闻记者,魏大同可不希望自己被一群人围住。

薛大印现在就毕恭毕敬地坐在魏大同身边,乔良的预感是对的,这个粗壮的大汉正是冲着他来的。魏大同在自己休息的房间里接见了薛大印,刘洋、江月、周敏慧三人在套房的客厅里闲聊着天,为程为上午的表现感到振奋。她们都不认识薛大印,更不清楚魏大同在房间里跟这位不速之客密谋着什么。

夏雪和乔良在6楼都没有找到各自寻找的人,与乔良分开之后夏雪去了一趟酒店前台,她想查询一下6楼所有客人的入住登记资料,但遭到了拒绝。

二

听证会在下午两点钟的时候继续,这个下午将属于乔良。

孟皓然再次强调了一下听证会纪律之后便把现场交给了乔良。乔良打开了身前的笔记本电脑,开始宣读自己早就准备好的代理意见。他没有使用幻灯机,他没什么图片需要展示的。

他尽量使自己做到脱稿演讲,让自己的眼神能跟在座的听证代表们有所交流。乔良还很年轻,他的记忆力超好,再说这篇稿子他已经熟读过好多遍了,他只是偶尔才会把目光停留在电脑屏幕上。

听证代表们大多刚从午睡中醒来,个个的精神都比上午时差了许多,如果乔良在这种午睡的黄金时段念稿子的话,没准就会把他们再次送入梦乡。

他现在要做的就是抛出点猛料来给大家提提神。

但乔良不想过早地抛出撒手锏,他给自己所制定的战术是步步为营地稳扎稳打。他首先替灯塔街人表明了立场,说灯塔街人见证了这座城市的成长,他们拥护政府的城市化政策,并不是非要成为西海旧城改造工程的绊脚石,如果拆迁方能真正做到依法拆迁,没有人愿意头顶"钉子户"的帽子。

对于拆迁方此次拆迁的"非法性",乔良准备了两个素材。第一个素材跟这次灯塔街拆迁的受托拆迁方西海市石方拆迁有限公司有关。"根据《西海市房屋拆迁现场管理办法》第五条规定:受托的评估、拆迁和拆除施工单位接受委托后,不得以任何方式将承接的业务进行转包或者违法分包。而据我们所掌握的材料来看,此次拆迁的受托拆迁人西海市石方拆迁有限公司是从西海市强盛拆迁有限公司手里揽的活,也就是说强盛公司有'转包'和'分包'行为。"乔良的眼睛紧盯着电脑,一字一句地念着法条,在法律规定的引述上,还是照本宣科比较好。

"我想在座的各位都应该很清楚'不得以任何方式'的意思!"乔良补充说道,他把这7个字读得铿锵有力。

乔良的第二个素材是评估公司。"这是一份我从官方调取到的材料,大家可以先传阅一下!"乔良从身边的一个文件夹里取出一份复印材料,起身交给了书记员侯晓晴,她认真地从头浏览了一遍之后转给了坐在正对面的听证代表。

"这是本次拆迁评估公司的资质证书,我请你们注意看一下它的有效时间,这份证书在去年的5月14日就到期了,而评估公司的评估工作是在这个时间之后进行的!"

乔良说到这里就突然停住了,他用眼神追踪着那张在代表们中间不断转手的材料,确保每一个人都看到了这份早已到期的资质证书。

"根据《房地产估价机构管理办法》中的规定,评估公司没有依法申请延续的,评估公司的资质将被注销,而不具备评估资质的评估公司所做出的评

估报告是当然无效的!"

这一下,代表们的瞌睡虫全被乔良彻底赶跑了!他们开始交头接耳地议论起来。这时那张资质证书已经传递到了高望厚的手上。

"我们可以看一下吗?"记者席上的夏雪站起来说道。

孟皓然点头许可,现场的一名工作人员把材料递到了夏雪手里。

魏大同有些坐不住了,情绪激动得破口大骂,他在骂被他赶回同治的徐广利,因为评估公司和拆迁公司都是徐广利负责张罗的,现在竟然出了这种意想不到的问题。一直以来魏大同都在强调这次拆迁是"依法拆迁"。就在上午的时候,程为还在听证会上再次强调过这一点,为了证明同联地产的依法拆迁,他还底气十足地向大家展示过拆迁许可证、分户评估报告等有效证件。

而现在乔良却有理有据地说"评估报告当然无效",魏大同气坏了,当时就吩咐江月赶紧拨打徐广利的电话。

程为也很生气,这是一个他事先并没掌握到的情况。他的脑子快速地运转着,盘算着应对之策,他开始有些佩服眼前这位看起来有些腼腆的对手了,他没想到乔良的调查工作做得这么细致。

乔良的发言只是开了个小头而已,却已经成功地扔下两枚炸弹了。接下来他打算好好说说灯塔街人应该享有的权利。

"作为被拆迁人,我们应该拥有选择评估机构的选择权,对于评估机构的选择不能由拆迁人一手包办!西海市信天评估有限公司对于拆迁补偿的评估严重地损害了被拆迁人的利益。"乔良说完用手拖动了一下鼠标,他要开始列举"非法评估公司"的罪状了!

乔良给信天评估公司总结了两大罪状。

他说信天评估拿不出证据来证明自己对被拆迁人的房屋实地勘察过,这违反了《城市房屋拆迁估价指导意见》第十五条规定;信天评估的评估时间和评估报告发生在拆迁人还没有取得拆迁许可证之前,这违反了《城市房屋拆

迁估价指导意见》第十一条的规定。为了证明自己所言非虚,乔良要求程为再次出示一下他上午展示过的拆迁许可证和评估报告,让在座的各位代表认真核对一下上面的时间落款。

程为半信半疑地自己先核对了一下时间,他平时还真没留意到这些细节,他无奈地发现乔良并没有说半句假话。程为站起身来把两份材料递给书记员时,脸上努力地挤出了一丝笑容。在往回走的时候他向坐在旁听席上的罗威做了个动作,示意他过来一下。

现场维持秩序的保安不允许罗威走近程为的身边,程为跟孟皓然请示了一下之后便朝着罗威走去。两人站在那里低声商量了一分钟左右。

魏大同又开始暴怒了,刚才徐广利并没有接听江月打过去的电话,这让他非常恼火,现在他眼睁睁地看着这家评估公司身上的漏洞越来越多,气得他鼻子里呼出的气都能将火柴点燃。如果信天评估公司的总经理现在就出现在他面前,他一定会毫不犹豫地朝他脑门猛开一枪,要是他手里有枪的话。当然,徐广利现在出现在他面前也能享受到同等待遇。

乔良紧抓住评估的事情不放,乘胜追击,提出灯塔街部分房屋的拆迁补偿评估并没有说到房屋的实际用途,那种一刀切的评估方法严重地损害了被拆迁人的利益。

"被拆迁人孙树贵、孙大海、王淑芬等六户人家的房屋,他们的临街房屋是营业使用性质,如果一律按照居住使用性质进行估价,这显然是不公平的,他们家庭经济收入的主要来源就得依靠这些店面经营,拆迁之后他们将失去这一主要经济来源,理应在补偿价格上有所提高!"乔良主张道。

乔良之后还大谈了一下周转房的安全标准问题,说拆迁人必须依法提供周转房的质量是否符合国家质量安全标准的证明,这是一个不可回避的环节,根据《城市房屋拆迁管理条例》第二十八条和《城市屋拆迁行政裁决工作规程》第十九条的规定,在拆迁人无法证明周转房符合国家质量安全标准的情况下,就不能实施强制性拆迁。乔良当场要求拆迁人尽快提供有关这方面的证明。

三

罗威离开听证大厅之后就直奔 6 楼而去,乔良的发言结束之后听证会将会迎来一个双方辩论的环节,程为脑子里有几个事情需要得到魏大同许可,特意委派罗威前往沟通。

其实就算罗威不来,魏大同也不会在这里坐以待毙,他已经计划好把江月再次派下去传达指示了。中午跟薛大印谈过话之后,魏大同心里更加坚信听证会上那个侃侃而谈、肚子里装满了拆迁法律法规的乔良是冲着自己来的。他仔细考虑过乔良所提到的种种硬伤,除了要求提高经营性房屋的补偿款这一条是在确实维护灯塔街人的实际利益之外,其他有关石方拆迁公司和信天评估公司的问题其实就是在阻挠同联公司的拆迁,根本与灯塔街人的切身利益无关,周转房的问题表面上看起来是在维护被拆迁人的人身安全利益,但实质则是釜底抽薪地否定了“强制拆迁”的基础。这个乔良太善于抓程序上的漏洞了!

自打徐广利派人偷拍的照片摆在自己桌子上的那一刻起,魏大同就觉得自己好像在哪里见过这个名叫乔良的律师。这种感觉让他觉得很不安,他太在乎这场听证会了,如果他的对手乔良是带着更深的目的来跟自己打这场仗的话,这种力量是可怕的,于是他决定私下调查一下乔良。

薛大印是他从同治找来的私家侦探,已经独自调查乔良四五天了。薛大印还曾潜入乔良的房间安装过一只微型录音机,希望能监听到他的电话,只不过乔良在房间里呆的时间并不多,薛大印有监听到乔良跟一个叫妞妞的女人通过一次电话,但大多是情话,还有孙研也经常给乔良打电话,但也没什么实质内容。乔良的住处到访的客人也是少得很,并没什么新发现。薛大印还根据一些在乔良房间里发现的线索成功地找到了他在同治的父母,旁敲侧击地问了一些问题。

魏大同最终还是通过薛大印的调查把事情彻底搞清楚了。原来乔良的

父亲乔洪山正是在同联地产公司的一次暴力拆迁之后气得中风瘫痪的,为此乔洪山还与同联地产打过官司,在此期间的某个场合里,魏大同就曾见过当时还是学生的乔良。当然,以魏大同在同治呼风唤雨的势力,乔洪山的官司最终还是输掉了,因为魏大同的拆迁与乔洪山的瘫痪之间没有"因果关系"。这已经是好多年前的事了,魏大同万万没有想到乔良正是一个找他算旧账的复仇者。

今天早上塞进夏雪宾馆房门底下的那张写有"乔良报私仇"的举报纸条,便是薛大印手下的人干的。他们看准了这个夏雪是一名喜欢没事找事的记者。

魏大同此时正在给罗威面授机宜,他对程为的工作态度表示了十二分的认同。"将在外,君命有所不受。"魏大同是很明白这句话的意思的,而程为现在专门委派罗威前来请示,他感受到了程为对自己的尊重,这正是他所希望的。

他叫罗威转告前线的程为要"相机行事",只要能漂漂亮亮地赢,一切繁文缛节都可以免了!他还把乔良的真实身份和真实意图告知了罗威,这个敌人可谓是来势凶猛,一定要格外小心。对于魏大同的吩咐,罗威点头称是,深感自己轻视了乔良这个对手。

魏大同的视线突然间离开了罗威,他直勾勾地盯住了监视屏幕,刚才那种温和的神态一下子便不见了,换作了一张气急败坏的脸。江月、周敏慧和刘洋三人也屏住了呼吸,呆呆地看着屏幕。

要出大事了!

乔良的手里正拿着一张图纸在作现场展示,那张纸很大,比报纸还大。魏大同认得这张图纸,这是同联新城的规划设计图!

这张图正是乔良包里装着的撒手锏,他早就计划好了在发言的最后抛出这枚巨型炸弹。

这是一张同联地产公司擅自修改过的规划图,它跟西海市规划局报批的

那份规划图不太一样。魏大同当然知道哪里不一样。

"同联新城里的主题公园在哪里？请问！"乔良两只手各捏着规划图纸的一端，摆动着双臂向现场做着展示。

"我用放大镜也没有找到主题公园的位置！我认为拆迁方应该给予说明！"乔良的脸上绽露出一种得意的笑容，这张笑脸把魏大同背上的汗都给逼了出来。程为心里也开始骂开了，他压根就不知道原先规划好的主题公园被同联公司抹掉了！

"他妈的，他是怎么搞到这张图纸的！"魏大同在监控屏幕前咆哮着说。在规划图上拿掉公园是同联公司的机密，这张图纸应该安静地锁在严严实实的公司保险柜里。

陪同在魏大同身边的四个人都很震惊，他们你看看我，我看看你，一言不发。

"一定是内鬼干的！"罗威沉默了片刻之后说道。

"查，一定要严查！"魏大同愤怒地说。

"现在怎么办呢，这可是巨大的硬伤啊！"罗威嘴上这么说，心里却在埋怨同联公司这么大的事情竟然没跟程为事先通个气，真是太过分了！

"我当初也是不太同意这么干的，可其他几个股东觉得在这样的黄金地段建公园太浪费土地了，所以才在原先公园的位置上扩建了商业区！公司最近正在为此事与规划局沟通呢！你看，现在出事了吧！真是鼠目寸光！"魏大同开始憎恨那些没有远见、惟利是图的股东了。

听证会现场现在可比魏大同的监控室热闹多了！一张硕大的图纸正在代表们手上传递着，议论的声音一浪高过一浪。孟皓然并没有站出来维持这种已经混乱嘈杂的秩序，就连他自己也在低着头跟侯晓晴说着什么。一直坐得笔挺的高望厚也跟古春华交头接耳地聊上了。

面对这样的局面，魏大同迅速作出了决定，他向罗威接连下了几道指示，罗威听完之后便起身匆匆地离去了。

听证会现场的混乱持续了几分钟之后便自发地安静下来。乔良的发言也结束了,他如释重负地坐下,靠在椅子上,松了一大口气。他环视了一下现场,看到孙研正伸出大拇指向他示意。乔良用微笑作出了回应。

四

罗威离开之后魏大同还接着发了几分钟的脾气,他责令法务部的江月务必把规划图泄密的事件调查个水落石出,同时继续联系徐广利,他可是拆迁公司和评估公司这两大漏洞的罪魁祸首,搞不好规划图泄密这事也跟这个丧门星有关联,魏大同可没打算轻饶过他;刘洋的任务也不轻,今天乔良在听证会上的精彩表演,不知道明天会被媒体渲染演绎成什么样子。公关部有活干了!

听证会还在继续,现在已进入到了双方辩论的阶段。

大家现在把质疑的目光都落在了程为身上,他必须对乔良刚刚所提到的所有问题一一作出回应。

程为已经合上了电脑,他现在用不上这玩意儿了。他刚刚与罗威简单地交流了一下,用铅笔在眼前的白纸上密密麻麻地写下了很多文字,他认为这些文字足以破解乔良的进攻。

他放下了架子,开始道歉,对同联公司在具体工作中的种种疏忽表示遗憾。这是魏大同给他的公开道歉的权力。

他认下了乔良所指责的大部分问题,说同联地产会立即调查拆迁公司和评估公司违规的问题,并严惩责任人,并提出会在政府的主导下,以公开的方式重新选择拆迁公司和评估公司,为了重新获得失去的民意,程为表示被拆迁方应该参与对评估公司的选择,或者现场对评估公司进行随机抽样选择,真正做到公平公正。

承认这两个错误对魏大同来说并没有什么太大的损失,他自己也不太清楚这两家公司是怎样跟同联地产扯上关系的。

对于周转房的安全标准问题，程为信誓旦旦地作出了承诺，说同联地产为拆迁户准备的周转房一定符合国家相关的安全质量标准，只是没有及时地申请验收检验而已，他当场承诺会尽快向公众出示相关验收证明。这件事情魏大同已经安排江月组织人力去办理了。

程为现在所扮演的是一位诚恳的老实人，他敢于直面一切错误，而且有错就改。当然这也是魏大同点了头的。

擅自修改规划图是程为绕不过去的问题，这必须得到圆满的解决。程为很清楚当下的局面，虽然他捏住了听证代表们的短处，但如果不解决这些遭受质疑的问题就让他们投票支持同联地产公司强制拆迁，未免也太假了。就算是作弊，也得像模像样吧！程为也不是个混蛋，而魏大同现在也想做好人了。

魏大同没有跟股东们商量就把已经抹掉的主题公园还给了同联新城，他其实也很心疼，他何尝不知道这个公园是不能拿来卖钱的，他当初答应了股东们的提议，原本以为是可以暗度陈仓的，这个公园上的商业地产足以挽回拆迁停滞上的损失了，这可是同联地产的意外之财，搞定西海市规划局并不算是个大事。他实在是太痛恨那个泄密者了！这个损失何止千万啊！

这可不是程为的损失，他很爽快地作出承诺，说同联地产会遵循市规划局对同联新城的既定规划，他还说刚才乔良手里那份修改过的规划图只不过是公司一个不成形的初步想法而已，而且魏大同董事长已经在董事会上断然否定这个草案了。他总算给魏大同挽回了一点面子，淡化了一下奸商的形象。

乔良没想到魏大同会如此退缩，他搞不清对方这样做算是在节节败退，还是在节节胜利。但他并不着急，毕竟他刚刚成功地毁掉了魏大同几千万的利润，他又有什么好急的。他就是来让魏大同难受的，即便吃不了魏大同的肉，喝不了魏大同的血，能让魏大同的钱包瘦瘦身也不错。

主要的争执发生在赔偿款上。在这一点上程为据理力争，要是他连这个

问题也作出让步的话,那该轮到魏大同喝程为的血了。在罗威所带回来的"魏大同指示"里,赔偿款是万万不可以退缩的,同联地产已经让乔良兵不血刃地连丢几城了,所以赔偿款问题上必须得赢!

"根据《西海市城市房屋管理条例》第十五条规定,被拆迁房屋的权属、面积、结构、用途等,以房屋产权管理部门出具的产权证为依据。而被拆迁人孙树贵、孙大海、王淑芬等人的产权证上注明的是住宅,因此拆迁人只能按住宅对他们进行补偿。"这一回轮到程为读法条了。

"作为被拆迁方,在某种程度上说就是受害方,被拆迁就意味着他们要离开所熟悉的家园,迁去另一个陌生之地,所以理应根据房屋的实际用途作出补偿。从全国范围来看,这也是有先例的,而且用于经营的房屋依法办理了工商营业执照,这也足以证明房屋的实际使用性质变换成了经营性质,应该按商业门面计算补偿金额!"乔良反驳道。

"我们不赞成'受害方'的说法,拆迁改造是西海市城市建设的大事,它符合西海人的整体利益,而且对西海旧城的改造是市政府的决策,并不是同联地产公司所能决定的!"程为想让在座的各位注意一个事实,西海市政府在本次拆迁中起到的是主导作用。

"但同联地产是实际受益方,这一点不会错吧?同联新城无论如何也不是一个公益项目,而是一个商业地产项目!"

"同联地产从未标榜自己是一家公益组织,它是城市建设者,同时也是一家房地产公司,它当然要合情合理地获取商业利润,但部分被拆迁户要求按经营性质进行拆迁补偿是极为不合理的!而且据我们了解,他们当中有些营业执照的办理时间是在房屋拆迁许可证颁发之后,这显然是恶意的!"

"恶意?我认为给善良的灯塔街人贴这样的标签是不公正的!门面经营是他们养家糊口的营生,他们去补办营业执照正是为了更好地维护自己的正当利益!"

"国务院 305 号令对房屋的使用已经作出明文规定,在拆迁范围确定之

后，个人是不能改变房屋和土地用途的。拆迁人一律按照住宅性质进行补贴是有法律依据的，不能按改变后的实际用途补偿，我们这是依法进行补偿。"就在几分钟之前，拆迁方差点远离了"依法"，程为现在要把它重新捡回来！

乔良与程为之间的争论持续了足足有 20 分钟，期间他们还就房屋补偿价格、周转房的位置，以及私自搭建的违章房补偿等事关被拆迁人实际利益的话题进行了激烈的辩论。

也就在这个唇枪舌剑的阶段，程为才意识到眼前这位初出茅庐的年轻律师并不是那么不堪一击，如果现在不是因为各为其主的关系，他还真想完事之后拉着乔良去喝一杯。他突然想起了当初在酒吧见面时两人聊到的意大利队，看来这个乔良还真是有些意大利队的风范，遇强则强了！

在乔良眼里，这根本就不是一次普通寻常的拆迁听证会，他当初煞费苦心地获得灯塔街人的一致信任，最终出任听证会的代理人，这就是为了给自己制造一次狙击魏大同的机会，这些年以来他一直在等待这样的机会，魏大同在同治的时候，他就呆在同治，魏大同来到了西海，他就跟到了西海。俗话说，父仇不共戴天。血气方刚的乔良一想到卧床不起的父亲，浑身便多了一股力量。他要让魏大同难受，要让魏大同蒙受损失，若是能让灯塔街拆迁案成为魏大同的滑铁卢，那是再好不过的了！

第十二章

一

西海再次下起了雨,夜幕提前降临了,这场雨并不大,但是电闪雷鸣,狂风大作。

此时的万龙大酒店比上午安静了许多,那些在一楼大堂里等候消息的市民在中午就已经离开了。听证会要明天才会有结果,干等在这里也没多大益处。

下午的听证会结束之后,乔良与孙研没有在酒店里逗留,乔良离开听证大厅之后便直接钻进了洗手间,然后谨慎地躲过了记者,与孙研结伴回了灯塔街。高博明天就要回北京了,在孙研的盛情邀请之下,乔良答应要三人一起吃顿晚饭。乔良本来是不想做电灯泡的,再说他也没有吃饭的心情,就现在的情形来看,一切还很不明朗,上午的时候程为表现很不错,似乎打动了

不少听证代表;下午的时候乔良一步步地扳回了一些局面,让同联地产饱受非议,无奈魏大同那边认错的态度十分端正,这使得乔良恶狠狠的拳头着实打在了棉花包上,没能打断对手肋骨的拳头很落寞。他觉得这个高博倒是挺想打断自己一根肋骨的,他看得懂高博那种警惕情敌的表情。

乔良很看不懂那11位听证代表的表情,他们大多像木桩似的竖在那里,脸上的表情淡然,就算他最终抛出了擅改过的规划图,代表们除了叽叽喳喳地议论之外,再没了其他有用的信息,就连孙树贵和孙大伟这两位灯塔街的代表也是一脸的木然,好像他们完全置身事外,孙树贵可是有一间经营门面呢!当乔良频繁向对手放炮的时候,他记得孙仲山倒是给自己投递来赞许的眼神。

程为没有立即离开万龙大酒店,他得去6楼复命,整个下午的有惊无险让他很疲惫,听证会一结束他便迫不及待地松开了领带结,连解了几颗衬衣纽扣,好多年没出庭打过官司了,他有些不太适应这种正装出席了。

魏大同等得很不耐烦,他左等右等,程为却始终没有出现在自己面前。程为在听证大厅就被记者围住了,十几个新闻记者只给了他松领带和解纽扣的时间空隙。

同联地产公司在拆迁上所犯下的错误能得到听证代表的谅解,却未必能得到媒体的谅解,这跟魏大同的预感是一样的。现在同联地产公司的新闻热度远远超过了孟皓然,拆迁公司转包工程、评估公司资质到期、周转房没有出具质量安全证明、擅改规划设计图,从这些问题中随便拿出一个来,也够记者问上几分钟了。

当然也有几家法制类媒体的记者围住了高望厚和古春华,他们需要这两位程序监督员对本次听证会改革试点进行打分。高望厚对本次听证会的程序设计给予了很高的评价,他从11名听证代表的产生方式谈起,极有耐心。

夏雪对这些浮在表面的问题已经没什么兴趣了,她隐约觉得自己离内幕就差一步之遥了,不对,应该是半步才对。她在听证会现场观察最多的不是

程为，也不是乔良，而是那11名听证代表，她认真地审视着每一张面孔，希望能读出一些信息来。在这11名听证代表里，她曾面对面地接触过黄依一和孙大伟，这两位也就成了她现场监视的重点对象。她发现孙大伟有些心不在焉，总是在一张纸上用铅笔涂鸦，他好像对那张擅改过的规划图都没表现出太大的兴奋来。黄依一在下午的听证会上犯了瞌睡，用一种很隐蔽的方式闭目休息了好几分钟。她还发现黄依一总是在不经意地观察程为，眼神谈不上友善，但也没到能射出子弹的地步。要是能找到那个打匿名电话的女人就好了！夏雪在听证会上想得最多的还是照片上的那个女人，简直是魂牵梦萦！

她看到孟皓然身边的记者包围圈很小，远不及程为那边严实，便凑过去简单地问了几个小问题，她问孟皓然隔离听证代表的举措是不是主要为了防止有人作弊，现在还有很多问题没能在现场得到解决，这会不会影响到明天上午出不来结果，比如同联地产公司的周转房质量安全证明问题难以及时解决。

孟皓然说，他如此程序设计的用意是为了让听证代表们只根据双方的陈述和辩论来作出判断，而不是根据之前获取的信息，他不希望先入为主的观念牢牢地支配住代表们，当然他也不希望代表们互相私下讨论，形成一个"庭外之庭"。孟皓然介绍说，他所设计的程序主要还是借鉴了美国司法当中的陪审员制度，因为对陪审员进行隔离也是时常发生的事情。

孟皓然还有一个意图没有说，他把11名听证代表留宿在万龙大酒店里，其实还有"钓鱼"的用意。他也曾接到过匿名电话，尽管他很怀疑魏大同的胆大妄为，但还是对此心有顾虑的，他今天晚上准备来一个"引蛇出洞"，在严密的监控之下找出一些蛛丝马迹来。这一点他可不想与夏雪进行交流。

魏大同看着屏幕里被记者围住的程为，有点没耐心了，他吩咐刘洋下楼去给程为解围，尽快把程为带到6楼来。他看着屏幕里那些人头攒动的记者，感觉一颗颗的人头就是一枚枚的地雷，现在这个时候，程为最好不要说错话，程为在那里多呆一会儿就多一份危险。

刘洋没有执行魏大同的指令,她说还有更重要的事情在等着她,她得立刻赶回公司,今晚要与公关部的同事们来一个通宵达旦,这样才能让明天早上的报纸上少出现一些同联公司的负面新闻。

周敏慧主动请缨,下楼去拯救程为了。

时间又过了十来分钟,程为在周敏慧的帮助下终于跳出了包围圈,疲惫不堪地出现在魏大同面前。

"你知道那个乔良是冲着我魏大同来的了吧?"没等程为歇上一口气,魏大同问道。

"知道,罗威刚才跟我说了。真是没想到!"程为这才把脖子上的领带彻底解了下来。

"你说他明天上午还会不会再给我们搞一次突袭,他到底掌握了我们多少情况,这个我心里还真没底!"魏大同对于明天上午乔良会不会再扔出一枚炸弹很是担忧。

"应该没了吧,规划图的事应该就是他最后的撒手锏了吧!"程为实在想象不出来,同联地产究竟有多少毛病。

"从今天下午的情况来看,我感觉他对我们调查得很仔细,掌握了很多我都不知道的情况!"魏大同说到这里又顺带着骂了骂徐广利,大部分的窟窿都是徐广利捅的,而他竟然不接听江月的电话,不知道躲在哪里快活。

"这个恐怕需要我们自己先体检一下,看看我们还存在哪些易被攻击到的软肋,事先设计好防守预案。今天下午可真是够悬的,我完全没有预料到我们存在这么多硬伤,好在都迎刃而解了!"程为喝了一小口周敏慧刚为自己泡好的茶,说道。

"我想了想,应该没有了,我们这一次还是做得很规范的,我已经安排江月下午去协调周转房的事了,争取明天上午把那个什么质量安全证明拿到手,这事不难办。西海市政府再不配合我们的工作我可就要撂挑子了,我的耐心是有限度的!"

"你放心吧,我们之前在听证代表身上所做的那些工作不会白做的,如果对方提不出致命的东西来,这个票很好投!我们得给他们台阶,面子上得过得去,我上午所展示的东西还是有说服力的,赞成我们强制拆迁基本说得过去!"

魏大同与程为两人在房间里聊了有个把小时,充分考虑到了明天各种有可能出现的意外情况,之后两人一起离开了酒店,找了一处安静的餐馆用了晚餐,周敏慧作陪。

听证代表们的晚餐比午餐更为丰盛,毕竟他们暂时性地失去人身自由了,孟皓然希望能用优厚的物质条件来堵住他们的嘴。再说了,还有 150 元的补贴呢。

用餐的时候,黄依一和曹子鸣共同向侯晓晴提出了一条建议,希望晚上能有一套换洗的衣服,这么燥热的天气,浑身都变得黏糊糊的,衣服上都散发出汗味来了。

这个建议得到了孟皓然的同意,他早就对侯晓晴有过交代,凡事生活起居上的问题,都可以尽量满足。

用过晚餐之后,侯晓晴将代们再次带进了封闭区域,各自被送入了房间,需要换洗衣服的代表们依次去侯晓晴的房间给家人通了电话,之后楼道里便迅速恢复了寂静,像一座熄灯后的监狱。一名酒店保安手里拿着一根电棍在警戒线外走来走去,好像有谁要越狱似的。

孙大伟光棍一条,没人给他送衣服,再说他也没这么讲究,一个晚上还是能挺过去的;孙树贵倒是有老婆给自己送衣服,但他也认为没这个必要,进了房间之后他就光着膀子了,现在压根就不需要衣服;心里最不爽的要数黄依一了,换洗衣服的要求是她提出来的,而她是独居者,根本没人给她送衣服!

二

乔良的晚餐被推迟了,因为高博有了新的发现。乔良与孙研一回到灯塔

街,就被高博神秘兮兮地拉进了房间,久久没有出来过。

耍了单的高博今天在灯塔街足足转悠了一整天,他说自己几乎把灯塔街的每一个角落都转遍了,他用照相机拍了很多的照片,现在照片都被传到了电脑上,拉着乔良和孙研一张张地欣赏,好像高博是一位职业摄影师似的。高博的行为把乔良弄得是一头雾水,高博可从来没有对自己如此热情洋溢过。

"你这都拍了些什么啊,乱七八糟的!"孙研看着一张只拍了一个大土堆的照片,不解地问道。

"你再认真看看,这是哪里?"高博口气诡秘地说。

"不知道!"孙研可没心思在这里跟高博猜谜语。

"这就是大樟树底下啊,你们难道就从来没注意到大樟树根部的土堆比路面高出很多吗? 我量了一下,足足有一米二高的样子!"

"这有什么稀奇的,这么大的一棵树,在根部垒个土堆有什么奇怪的!"孙研不屑地说。

乔良只是为了配合高博的热情邀请,他不经意地看着这些的确"乱七八糟"的照片,一言不发。

"你们再看看这张!"高博点了一下鼠标,电脑屏幕上出现了一张更加无厘头的照片——半截子砖头!

"这块砖头是我从樟树底下的土堆里抠出来的,当时它只露出了一个小砖角,我可是拿小铲子撬了半天呢!"高博继续卖关子。

"你可别告诉我这是块古城砖啊!"考古系专业的孙研终于嗅出了点味道来,半开玩笑地说。

高博决定说出自己的初步判断,他说眼前的这半截子砖头极有可能是明代的旧城砖。他再次更换照片,仍然是半截砖头,高博说这块砖是他从拆迁工地上费了好大的劲才找到的。

高博给这块砖头拍了一个特写,他将镜头聚焦在砖头的边沿上。砖头边

沿呈现出一层不太清晰的灰白色物质来。高博对此解释说,明代修砌城墙的时候会使用糯米和明矾的混合物来作为粘着物,所以才会有这种灰白色。

他还说,大樟树下面的大土堆子尽管经过久远的年代已经变了形状,但他仍可以推断出土堆原先规整的样子。"如果走运的话,我们应该还能从这个土堆下面挖出一些古城砖来!"高博很有把握地说。

"你的意思是说灯塔街有可能是明朝时期的旧街?"乔良现在开始重视这些照片了。

"极有可能,孙研的爷爷不是一直说灯塔街人是渔民的后代吗!如果这一点属实的话,那就十有八九是了!"高博的右手离开了鼠标,回过头来说。

"这跟渔民后代有什么关系?"孙研问。

"当然有啦,明太祖朱元璋曾经下令设立了一个叫作'卫所'的机构实行海禁,在朱元璋时期也有过'片板不许下海'的规定,这一政策直接导致了沿海和海岛上的居民内迁,因此我怀疑灯塔街的先人就是当时内迁的渔民!"高博分析得有板有眼的,容不得怀疑。

"我觉得高博士的推断错不了,看看灯塔街上那棵大樟树就知道了,它怎么着也有几百年的树龄了!你还有其他证据吗?"乔良的心里有些激动了,他在这一刻甚至有些怀疑眼前这位高博士是不是上天特意派来协助自己的。

"我下午也一直在找更有说服力的证据,想找到西海旧镇城墙的位置,不过现在这边在搞拆迁,也就剩下灯塔街这么点地方了。不过我已经把一些有价值的照片传给胡教授了,你们回来之前我还跟他通过电话,他说会尽快给我答复!"胡教授是高博的博士生导师,对明代的考古有着很深的造诣。

高博还给乔良和孙研展示了很多照片,其中有一些照片拍摄了灯塔街人居民院落中的地砖,还有几张照片的内容是灯塔街街尾处已经是一片瓦砾的土地庙……

晚上 8 点多钟的时候,三个人才一起找了家当地特色风味的餐馆吃饭,由于高博的新发现,三个人还喝了点啤酒。高博在饭桌上决定推迟回京的行

程，扬言一定要把西海旧镇那段沧桑的历史亲手给挖掘出来，孙研还开玩笑地给高博灌了不少迷魂汤，说高博此举定能在名气上超过胡教授了，而且就连扬名立万的新闻标题都拟好了——《考古博士生暑假发现明代古城》，高博对这个新闻标题很满意。

乔良希望高博士是真的发现了明代古城，如果这条不起眼的灯塔街真是一座古城最后的遗留物，那它无疑将成为魏大同心里永远的痛了。

晚饭过后，在乔良的督促之下，孙研给同治市文物局的一个师兄打了一个电话，将高博的这一意外发现认真地汇报了一下，文物局的朋友对孙研所提供的信息很重视，说明天一早就把这个消息汇报给局长，并会尽最大的努力促成局里的领导来西海实地考察一下。

更加鼓舞人心的消息来自北京，晚上快 10 点钟的时候，高博接到了胡教授的电话，胡教授说自己自从看了那些高博发给他的照片之后便再也坐不住了，他已经买好了明早 7 点半的早班机，飞往同治！胡教授是一个地道的考古迷，他曾在 10 年前发现过一座明代古城，不过这已经是太久远的事了，他需要新的刺激和机会。

胡教授明天即将抵达西海的消息使乔良跟服了兴奋剂一样，他要求孙研再次拨通文物局那位师兄的电话，把胡教授来西海的消息传递过去，最好是能促成同治市文物局的专家和胡教授明天一同来西海。

三个人被一系列的新消息折腾得睡意全无，像夜猫子似的在灯塔街一带转悠到深夜。在乔良的提议下，他们还人手拿着一只电筒悄悄地摸进了魏大同的拆迁工地，希望能幸运地找到一块完整的砖头。

薛大印百思不得其解地远远跟在三个人的身后，他觉得此事有些蹊跷，透着诡异，于是赶紧用手机向魏大同汇报了这一古怪的情况。

魏大同与程为分开之后回到了家里，他在万龙大酒店整整盯了一天的场子，想早一点休息，无奈他刚合上眼没几分钟，薛大印的电话就来了。

现在他变得精神抖擞了，有一百个问号在脑海里闪来闪去的，他本来就

一直担心乔良明天上午会再抖出什么撒手锏来,这三个人大晚上的不睡觉,跑到工地上干什么呢?

魏大同想破了脑袋也没想出个所以然来,他只好打电话"骚扰"程为。

同样劳累了一天的程为此时正舒适地躺在床上。撂下魏大同的电话之后,程为觉得魏大同有些过于神经质了,已经到了草木皆兵的地步,难道乔良下午的接连发难让魏大同成了一只惊弓之鸟?这可不是企业家的心理素质啊!

三

这是一个不平静的夜晚,这也是一个寂静的夜晚。

说它不平静,是因为魏大同、程为、乔良他们都没能睡个好觉;说它寂静,是因为万龙大酒店里的 11 名听证代表并没有什么异动,孟皓然特意安排了人死死地盯着这片临时封闭的区域,但除了在楼道里听到孙树贵从房间里传出来的呼噜声之外,这里没有任何的响动。

在一些人的强烈要求之下,今天上午的听证会定在 9 点半举行,比昨天提前了半小时。

乔良今天是真正意义上的单刀赴会,孙研和高博一大早就去同治机场接胡教授了。乔良泰然自若地坐在代理人的位置上,低头看了看表,现在正是听证会开始的时间,也应该是胡教授的飞机落地的时间,本次听证会的第二战场就这样成功开辟了。

早上进入万龙大酒店的时候,乔良还在大堂里凑巧地碰到了程为,程为很客气地问他昨晚睡得怎么样,那语气就好像知道他一夜没合眼似的。

吃早餐的时候,乔良浏览了一遍昨天的晚报和今天的报纸,他很欣慰地发现有好几家媒体并没有对魏大同客气,用严厉的措辞质疑了他昨天在听证会上所质疑过的问题,由此看来,同联地产公司的公关部门并没有传说中那样战无不胜。

魏大同当然也看到了这些新闻,他一大早就把公关总监刘洋叫到了跟前,狠狠地训斥了一顿,从魏大同的怒吼声中不难看出,刘洋的职业命运恐怕不会比徐广利好到哪里去。

程为倒是安慰了魏大同几句,说今天投票表决的并不是那些报纸的读者,而是那11名被孟皓然保护得严严实实的听证代表,再说这些被质疑的问题同联地产公司已经在听证会上及时作出了修正,相信不会成为反对强制拆迁的把柄。看到刘洋被魏大同无情地训斥,程为觉得自己有义务站出来怜香惜玉一番,可他还没有这个资格。

今天上午孟皓然的开头发言很简短,他说了几句套话之后给在场的人介绍了一下市规划局的到场代表。规划局出席听证会是程为的主张,他觉得擅改规划图的事情要想彻底地让人心无芥蒂,就必须要把戏做足了。今天新到场的还有市建委质量安全检查部门的代表,这也是程为要求的,他要彻底堵上乔良的嘴,就不会再允许在周转房的质量安全问题上再出什么纰漏。西海市公证处也派来了两位穿着公证制服的公证员,程为打算在公证处的监督指导下公开产生新的评估公司。魏大同对程为的这些安排很满意,他所要的是万无一失,发誓不再给对手任何挑毛病的机会。

黄明朗市长今天也特意出席了听证会,他很谦虚地坐在了高望厚的旁边,脸上保持着笑容。孟皓然给他作了最为隆重的介绍。

乔良一看这架势就明白了是怎么回事,但他并不着急,他把手机调成了振动状态之后便搁在了桌面上,他今天上午所能做的就是等待孙研的报喜电话。第二战场真是太重要了!乔良期待着灯塔街在今天能发生奇迹。

今天上午的议题没什么好争论的,程为已经做了最为充分的准备来修正同联地产公司的硬伤,在听证会的前一个小时里,新的评估公司诞生了,同联地产公司也毅然决然地把原先的拆迁公司除名了,质量安全检查部门也出具了周转房的评估意见,市规划局也强调了已经审批过的同联新城规划图毋庸置疑的权威性。这一切都足以证明一个事实,那就是在企业的监督之下,政

府部门的办事效率还是很高的。

现在唯一需要争论的便是拆迁补偿款的问题,而这个问题暂时已经不是问题了,新诞生的评估公司的代表在后来的发言作了表态,说他们会综合考虑各种复杂的情况,在相关法律法规的指导下对拆迁房屋的补偿重新进行评估,在场的所有人都有理由相信这将是一场更为科学的评估。

接下来的环节是听证代表们提问,孟皓然在宣布进入这一环节时强调,听证代表有权向在场的任何机构代表以及听证双方代理人提出询问,有关人员要认真地、如实地回答代表们提出的问题。

"丰田男"曹子鸣率先提问,他的问题是抛给程为的。他质疑以西海市的人口规模和消费能力是否需要如此庞大的一个购物中心,因为同联新城里的Shopping Mall从面积上看并不比同治市最大的购物中心小。

程为说,西海市的地理位置特殊,与同治市连成一片也就是未来三年内就可以实现的事情,而且西海市处于两省交界处,到邻省最近的城市才60公里,之间有省际高速公路相连,西海是打造新型商业城市的绝佳之处,程为还提到了美国公司与西海市之间正在洽谈的大型物流中心项目来增强说服力。

孟皓然瞥了程为一眼,心想程为真算得上是绝顶聪明之人了,主抓物流中心招商引资工作的黄明朗现在就坐在这里,在听了程为的阐述之后,脸上的笑容更加灿烂了。

"听证专业户"刘民坤是第二个发问的,他的问题没有特定的对象,就像是往空中扔出一只气球,谁愿意接住就谁来回答。他的问题很具体,询问重新评估之后的拆迁补偿会不会考虑房屋的实际使用用途而进行差异化分类评估,对经营性门面房增加补偿。他的这个问题是完全站在灯塔街人的立场上问的,这也是孙树贵想问的问题。刘民坤是西海上过报纸的民意代表,他最关心民意最为关心的实际问题。

程为接住了刘民坤放飞的气球,他再次强调了依法评估,为了不把气氛搞得过于热烈,他还说不排除给予经营性用途的房屋多一点的补偿,但这只

能是"照顾性补偿",同联地产公司很愿意与西海市市民和谐相处。程为对于刘民坤的问题还擅自作了一下发挥,说对于那些违章搭建的房屋,即便是历史悠久,也一律不予补偿。

袁国平代表询问了乔良一个问题:"灯塔街的人不配合拆迁的真正原因究竟是什么?是因为补偿款的问题、周转房的问题还是另有原因?"

"补偿款只是其中的一个问题,拆迁周转房以及同联地产公司为本次拆迁而建造的配套商品房过于偏远也是一大原因,毕竟灯塔街位于市中心地带,落差太大。另外就是部分拆迁户的回迁要求没能得到满足,同联新城规划里有几栋住宅楼房,应该对灯塔街原居民的回迁提供更优惠的条件,故土难移的道理相信大家都很明白!"

孙仲山提出,灯塔街就不应该拆迁,因为它是西海市的发祥之地,是西海历史文化和风土人情的符号,节奏过快的城市化进程正在慢慢侵蚀着西海的灵魂!孙仲山退休之前是中学语文老师,他的话就像是从课本上跳出来的一样。很显然他的矛头是指向西海市政府的。

在场最适合回答这个问题的应该是黄明朗,大家齐刷刷地把眼神集中在了他的身上,黄明朗实在不愿意跑到这里来为魏大同当辩护人,但现在形势所迫,他又不得不讲几句,而且这也正是一个为自己正名的好机会,于是他义不容辞地拿起了话筒,洋洋洒洒地讲了一通人道理。

孙大伟最关注价格问题,他提出按照西海市房屋交易的平均价格来作为补偿评估的依据是不科学的,因为四合院的居住环境跟钢筋水泥结构的单元楼房不可相提并论,而且灯塔街的房子是祖上留下来的,他实在不愿意眼睁睁地看着它毁在自己手上。

程为对此表示理解,同联地产也不太可能为孙大伟置换一套郊区别墅,拆迁补偿是严格按照面积进行的,四合院的房屋面积够大,完全可以支撑房主在别处买一套敞亮的新房子。

黄依一是市政协委员,她的问题很宏观,她建议西海市的拆迁问题必须

走向规范,她说如今的城市拆迁已经是政府失去民意的危险雷区了。

其他代表也都纷纷提出了问题,但在黄依一的引导之下,大多数问题都有了参政议政的趋势,几乎都是在就拆迁问题向政府献言献策,刘民坤见势也慷慨陈词,提出了好几条规范房屋拆迁的建议,这些建议可都是他平时学习研究报纸的学术成果。

四

在听证代表们投票表决之前,程为与乔良需要作最后的陈述发言。程为又恢复了昨天上午时的激情,他起身站了起来,向听证代表、在场的领导和观众席上的记者、旁听代表点头致意。

在整个总结发言过程中程为都是站着的,他不断地挥舞着胳膊,做着各种各样的手势来增强感染力,他声音洪亮,而且听上去每一句话都是发自肺腑,他替魏大同表达了建设西海的决心,一定要向西海市民奉献一座完美的同联新城。他还呼吁全社会对房地产企业应该有一颗包容的心,因为他们才是美好家园的建设者!

程为的演讲持续了五分钟左右,在他演讲的时候,整个听证大厅变得很安静,这正是程为所要的结果,这表示大家都在认真地倾听,而且在边听边思考。

乔良也站了起来,受到程为的传染,他也履行了一整套的礼节。但他并没有急着做最后的陈述,而是把自己的笔记本电脑连接上了幻灯机。

这一系列的动作把现场的气氛搞得很紧张,大家都不知道乔良的葫芦里究竟卖的是什么药。更紧张的是在监控屏幕前的魏大同,他几乎屏住了呼吸,眼睛死死地盯着屏幕,眼珠子都险些从眼眶里掉了出来。他有一种很不祥的预感,这种自己吓自己的预感是有根据的——乔良在昨天深夜神神秘秘地去过拆迁工地!

投影屏幕上出现了一张清晰的特写照片,是半截子砖头。今天乔良所有

第十二章

185

要展示的照片都是高博精心挑选过的。

乔良清了清嗓子，开始慢条斯理地讲述高博的判断，投影屏幕上的照片不断地更换着，现在换成了一张明太祖朱元璋的画像。现场开始混乱了，就连孟皓然与黄明朗都互相咬起了耳朵，窃窃私语。

乔良现学现卖地大谈明代历史，谈禁海政策，说渔民内迁，他还说到了"灯塔街"的名字和那棵古老的大樟树。

"真是扯淡！"魏大同愤怒地冒出这四个字来。刘洋见魏大同动了肝火，连忙给递上一杯茶。魏大同现在可没心思品茶，刘洋又把茶杯放回了原处。

孙仲山的脸上此时却大放异彩，已经不太明亮的眼睛里闪烁出久违的光芒，他一想到自己竟然在一座明代旧城遗迹里生活了几十年，内心就激动不已。

程为的脸上此刻竟然还挂着淡淡的笑容，这种笑容很难解读，没有人能读懂他为什么现在还能笑得出来。

"这只是我们的推测！北京的考古专家和同治市文物局的专家现在已经到达了灯塔街，我相信他们能找出充足的证据来！"乔良最后说。孙研不久前已给他发来了短信，市文物局的专家已经与胡教授抵达灯塔街了！

傻子都能明白乔良的用意，如果灯塔街一带真有明代旧城遗迹的话，魏大同强制拆迁灯塔街一事算是彻底泡汤了。谁会有胆量去毁掉一座仅存几十户人家的文物遗迹呢？

乔良最后提出应推迟投票表决的建议，一切要等到文物考古专家那边有了定论之后再做定夺。

程为当即表示反对，他主张说这种子虚乌有的猜测不能阻止听证会的顺利进行，要是几块破砖头的出现就能成为西海城市建设的绊脚石的话，这真是天大的笑话。

听证会此时陷入了僵局，孟皓然不得不作出听证会休息一刻钟的决定。他拉着黄明朗、高望厚，还有古春华进入到了听证大厅旁边的 VIP 休息室。

他们需要一场小小的讨论。

魏大同现在也需要讨论，他把自己的一些指令吩咐给了刘洋，叫刘洋迅速下楼传达给程为。刘洋面有难色接受了信使的任务，一阵小跑地离开了监控房间。

听证会进入僵局的时候，灯塔街的考古工作却有了实际性进展。胡教授与文物局的专家兵分两路，一路去拆迁施工工地寻找线索，胡教授带领的一路人马小心翼翼地挖开了大樟树根部的大土堆。

高博的猜测没有错！胡教授在大土堆里成功地找到了33块完整的城砖，胡教授对这些城砖一一作了精准的测量，发现全部都是长40厘米、宽20厘米、高10厘米的城砖，而且这些城砖的侧面都有文字痕迹，只是年代久远的缘故，辨认不出是什么文字了。凭着扎实的考古功底，胡教授初步判断这33块城砖应该是明代早期烧制的，那些十分模糊的文字痕迹应该记录着城砖所生产的"窑口"。这些城砖的特征与明代科学家宋应星那本《天工开物》里所记载的明代制砖工艺相吻合。

搜寻工地的队伍不久也传回了好消息，他们在废弃的施工垃圾土堆里发现了更多的古城砖。更振奋人心的是，据工地上的工人说，像这种"砖头"，他们以前都当作普通的土方一车车地拉到别处填埋了。

灯塔街沸腾了，大樟树底下汇集了越来越多的人，闻风而动的新闻记者也赶到了现场。只不过现在的主角变成了胡教授。高博和孙研在工地和大樟树之间忙碌地穿梭着。

第十三章

中间休息的时间已远远超出了 15 分钟，VIP 休息室的大门却始终没有打开，把自己关在里面的四个人难以达成统一的意见，争论不休。

大约半个小时之后，四个人才从休息室里走出来，从他们各自脸上的神情不难看出他们刚刚发生过激烈的争吵。脸色最难看的是高望厚，一看就是占了下风。

黄明朗他们四人回到听证大厅之后，现场慢慢地恢复了秩序，再次变得很安静。大家都不知道接下来会发生什么。

孟皓然宣布听证会继续，直接进入听证代表对灯塔街强制拆迁进行投票表决阶段。他解释说，政府不是不考虑乔良所提出的新证据，但这是以后的事情，如果文物考古工作者那边最后能作出确切的定论，西海市政府会作出最为妥善的安排。听证会的书记员会对乔良所提出的问题记录在案。

这正是黄明朗的意思，灯塔街强制拆迁听证会作为西海市听证改革的试

点,就必须有始有终,这样才是一次完整的听证;黄明朗作为西海建设的掌舵人,他目前还不希望自己与魏大同之间有太大的裂痕,在灯塔街拆迁这件事上,黄明朗觉得自己是有负于西海市政府当初对同联地产公司的承诺的,久久悬而未决的拆迁也确实给同联地产公司造成了无法挽回的损失,这也有违于市政府当初与同联地产之间的协议。

黄明朗现在需要一个台阶,至少他要向魏大同表明一个态度,至于像一把利剑悬在头顶的灯塔街究竟是不是明代旧城的遗迹,那是听证会之后的事情了。如果事情的发展一切正如乔良所说的那样,那也只能怪魏大同不走运,这跟西海市政府没有太大干系。

黄明朗的这个态度对孟皓然和古春华来说就是命令,但对于高望厚则不是,这也是高望厚刚才走出休息室大门时面色凝重的原因。

得知听证会马上就要进入投票表决阶段,魏大同与程为都很高兴,提到嗓子眼的心又重新回到了心脏的位置。更高兴的是程为,他根本完全不用考虑这个该死的灯塔街是不是文物古迹,只要听证代表们把手一举,他回头就可以找魏大同结算费用了,至于灯塔街最终能不能拆迁,这可不是程为操心的事情。

举手表决尽管是听证会中最为关键的环节,却又是最为简单的环节。11名听证代表中除了孙仲山投了反对票之外,其余 10 位代表都赞成对灯塔街进行强制拆迁,包括灯塔街的居民孙大伟和孙树贵。

孙树贵最终还是听了老婆的话,同联新城的步行街那里正有一间位置优越的商铺在等待着他呢,而且还免一年的房租。孙大伟现在的灵魂已经飞到佛罗伦萨了,他干吗还要留恋破败的灯塔街呢!明代古城!乔良这小子还真行,孙大伟暗自佩服道。

孙大伟和孙树贵都不敢正视孙仲山的眼睛,要犯了错的孩子一样地闪躲着,旁听席里的灯塔街人在这个时候开始有人大骂"叛徒"了,群情激昂。

袁国平的论文确实有抄袭的痕迹,他本着多一事不如少一事的原则,举

起了自己的手臂，在这一刹那间，他的心自由了。他还年轻，以目前的地位来看，可以说是前程似锦。凭他的智慧，他是绝对不会干出阴沟里翻船这样的傻事来的。

民意代表刘民坤是程为见识过的最容易搞定的代表，他现在还记得魏大同跟自己讨论刘民坤时所说的一句话：那种看起来天天与政府作对，挑政府毛病的人，其实骨子里是最主流的，最听政府的话！秦宝全当初委托西海市规划局的一名官员与刘民坤见面聊了一小时，大谈了一下西海建设的美好未来，便把刘民坤彻底地洗了脑。当刘民坤举起手臂的时候，程为不得不暗暗佩服魏大同这块姜的确非常老辣。

黄依一与曹子鸣的把柄再清楚不过了，他们知道如何权衡轻重利害。而其他4名听证代表也都有着各自的致命弱点。是人就会有弱点！程为回味着罗威的这句名言，心里的那块大石头终于落了地。

按照他与魏大同之间的对赌协议，现在赞成强制拆迁的票数已经远超过了2/3，程为因此可获得额外的50万元奖励，而在2/3的基础上每增加一票将再获得10万元的奖励。要是再加上合同所约定的基本服务费用，这近200万元的现金可马上就要到手了。如果魏大同兑现承诺的话。程为都有点走神了，他全然不顾此刻听证大厅里的喧闹，心里开始算起账来。

被炒得沸沸扬扬的西海听证会改革就这样画上了句号，听证会结束之后，黄明朗和孟皓然还出席了一个小型的记者招待会。高望厚与古春华也列席了招待会。

充当信使的刘洋把魏大同的指示传达给了程为，可惜没能用上，要是今天黄明朗不出席最后阶段的听证会的话，也许魏大同的指令还能发挥出一些作用来。

刘洋在听证大厅的出现再次吊起了夏雪的胃口，因为刘洋身上的那套工作制服，更因为刘洋的身材、长相和那披肩的长发。

她不正是照片上的那个女人么！当夏雪看到刘洋站在程为的身边相谈

甚欢的时候,嘴角露出一种不可名状的笑容来。夏雪好奇地尾随在刘洋的身后,无处可逃的刘洋给她讲述了一个长长的故事。

灯塔街强制拆迁听证会结束了,可灯塔街的故事却还没有收场。就在听证会结束的这天夜里,实地考察灯塔街的专家教授们连夜向西海市政府提交了一份《对灯塔街进行保护的紧急报告》。报告上说,灯塔街极有可能是一座明代早期旧城的仅存遗迹,具有较高的文物价值。我们建议市政府马上责成同联地产公司在拆迁过程中妥善保护。

听证会结束后的第二天,迫不及待的魏大同命令各类大型拆迁机械开赴灯塔街,由于受到灯塔街人的顽强抵制,拆迁工程队只能在灯塔街的外围原地待命。

第三天,考古工作有了新的进展,胡教授成功地在灯塔街的南侧找到了一段埋在地下一米多深的古城墙,当天,市文物局再次向西海市政府提交了第二份名为《关于确定灯塔街及其南侧城墙为明代文物的报告》,也就在这一天晚上,黄明朗作出了"暂缓拆除"的回复。

在这些天里,向西海市灯塔街云集的明代考古专家和考古爱好者越来越多,古城的基本形状也基本得到了确定,西海市政府在灯塔街日益升温的形势下,也召开了一次紧急会议,广泛听取各方意见。而魏大同的拆迁工程队和大型机械始终没有离开过灯塔街外围半步。

眼看着灯塔街成为文物遗迹的事越来越没有什么悬念,而灯塔街恢复古城原貌的呼声也更是一浪高过一浪,魏大同向市政府提出了"迁移"古城的大胆想法,他主张在西海市另辟新地修一座恢复原貌的明代古城,提出在西海市的中心商业黄金地段建古城太浪费土地资源了。当然,这样做无疑是完全打乱了他的同联新城整体规划,魏大同寝食难安,深感这炙手可热的西海简直就是他魏大同的葬身之地。

在魏大同提出"迁移"计划的同时,文物局第三次向西海市政府提交了报告,主张在原址恢复修建明代古城。

这两种声音让黄明朗很头疼,孟皓然再次献策,提出再次举行听证会,就"迁移修建"和"原址修建"两套方案征求更为广泛的意见。

乔良虽然"输掉"了灯塔街强制拆迁听证会,但他仍众望所归地成为了新一轮听证会的代理人。魏大同再次聘请程为出任代理人——程为赚钱的机会又来了!

两年过后,乔良再次回到了灯塔街,这一次他是受邀出席古城落成开放仪式的,同时受邀的还有胡教授、高博、孙研。高博和孙研现在已经是一对恋人了,孙研最终还是没能甩掉这只大大的尾巴。

乔良与刘洋一起见证了这个重大的日子,他们刚刚举行完婚礼,没想到灯塔街便是他们的蜜月之地。参加完古城开放仪式之后,乔良和刘洋手牵着手地来到了老樟树底下,他们在老樟树下碰到了老熟人夏雪……

图书在版编目(CIP)数据

最后一平米的战争/唐凯林著. —杭州：浙江大学出版社，2011.5
ISBN 978-7-308-08547-2

I.①最… Ⅱ.①唐… Ⅲ.①长篇小说－中国－当代
Ⅳ.①I247.5

中国版本图书馆 CIP 数据核字（2011）第 052941 号

最后一平米的战争

唐凯林 著

策　　划	蓝狮子财经出版中心	
责任编辑	徐　婵	
出版发行	浙江大学出版社	
	（杭州市天目山路 148 号　邮政编码 310007）	
	（网址：http://www.zjupress.com）	
排　　版	杭州大漠照排印刷有限公司	
印　　刷	杭州杭新印务有限公司	
开　　本	710mm×960mm　1/16	
印　　张	12.25	
字　　数	160 千	
版 印 次	2011 年 5 月第 1 版　2011 年 5 月第 1 次印刷	
书　　号	ISBN 978-7-308-08547-2	
定　　价	29.00 元